一只想飞的猫

■ 陈伯吹　著

■ 周基亭　主编

福建少年儿童出版社

目　录

一只想飞的猫

——豁啦!

一只猫从窗子里面猛地跳出来,把窗台上摆着的一只蓝磁花盆碰落在台阶上,砸成两半。

才浇过水的仙人掌,跟着砸碎的瓷花盆被抛出来,横倒在地上,淌着眼泪,发出一丝微弱的声音:"可惜!"

"那算得什么,我是猫!"猫没道歉一声,连头也不回一下,只弓起了背,竖起了尾巴,慢腾腾地跨开大步,若无其事地向前走。"昨天夜里,我一伸爪子就逮住了十三个耗子!"

"嘎——"猫忽然停住了脚步,耳朵高高地竖起来,招了两招,就撒开四条腿飞奔过去。

两只蝴蝶,正在凤仙花的头顶上来回地跳舞。

凤仙花仰起了红彤彤的笑脸,尽力发出香气。

她们亲亲热热地接吻,一下、一下,又一下。

猫突如其来地飞奔到蝴蝶身旁,张牙舞爪。

蝴蝶们大吃一惊,连忙腾起身来,像两个断了线的风筝,倏地飞远了。

"倒霉,扑了一个空!——她们比耗子聪明。"可是猫没肯轻放过她们,只待了一秒钟,就跳起身来追赶过去。

两只蝴蝶在空中交头接耳,商量些什么。

黄蝴蝶一歪一斜地,很像从白杨树上掉下来的一张黄叶子似的,飞得又慢又低，落在后面。

"哈，她乏了！"猫直奔过去，伸出脚掌一抓，差了半尺。

黄蝴蝶飞走了。

现在是白蝴蝶飞得又慢又低，落在后面。

"这回可差不离了！"猫奔过去，用力蹦起来，又伸出脚掌一抓，只差一寸，白蝴蝶飞走了。

"呼——嘘——"猫头上渗出了汗。他自己安慰自己："险些儿到了手！逃不掉的！"

这时候，黄蝴蝶又在他前面不远的地方，摇摇晃晃地飞着，仿佛要降落在地面上的样子。

"可恶，她逗我呢！"猫原来是捉捉玩玩的，现在却恼火起来，"她想欺侮我吗？好，有她好看的！"

猫弓起身子，收敛爪子，用他脚趾后脂肪的肉垫，沿着一行冬青树轻身轻脚地走，让这些绿叶子掩护他，缓缓地、悄悄地潜跑上去。

"他打埋伏呢！"黄蝴蝶好笑了，可是没笑出声来。

猫看看愈挨愈近，不到两尺光景，一纵身飞扑上去："成了！"

不，还差几分。猫的话说得太早啦！

黄蝴蝶写写意意地飞走了。

猫望着黄蝴蝶在马缨花树的枝旁，绕了两匝，才直向高空中飞去。他叹了口气："她太机警了！不过如果我也能够飞——"

他烦恼得很。

白蝴蝶仿佛也飞累了，像一朵小白花，落在一片映山红的上面。

猫抹一下脸。"我眼睛没花吗？难道不就是那个小丫头！——好，你也来逗我！"

他蹲了下来，一动也不动，眼睁睁地盯着白蝴蝶，暗地里在估

量距离，观察风色，要挑一个最好的时机，像一支箭样地射过去，射中她。

一，二，三！飞！

猫自以为在飞，腾身扑过去，一下子抓住了。他正在抬起头来得意的时候，怎么，白蝴蝶却就在他头顶上翩翩地飞过，越飞越高，和黄蝴蝶飞在一块儿了。

他气得发抖，呆呆地望着她们，不自然地松开脚爪，被抓下来的一束映山红，零零落落地从他爪子里掉出来。

这一对美丽的蝴蝶，像亲姐妹那样肩并肩地飞着。她们把这只自以为了不起的猫戏弄得够了，就在一簇青松翠柏后面。绕了一个大弯儿，向西边飞去，直往湖中心和水莲花谈天说地去了。

"我不放过她们——我发誓，一个也不放过！"猫像疯子一样，不好好地走正路，却打横里从花圃中蹿过去，撞到向日葵身上，撞到鸡冠花身上……

向日葵正安静地站着，望着明亮的太阳。"这早晨空气多么好，这世界多么美，这太阳多么亮，照得多么暖，我得把红领巾向我提出的'增产计划'仔细想一想——啊唷！"她冷不防给猫猛撞了一下，撞得她那高个子东倒西歪，几乎立足不稳；她那大大的脑袋也晃来晃去，晃得头昏脑涨。

"咦，下毛毛雨了？"站在向日葵脚旁的一棵小草儿低声说。

"不是的。两滴眼泪！"另外一棵小草儿也低声说。

上了年纪的老头儿黄杨插嘴了："你们说的都不是。两滴油！"

"明明是向日葵姑娘的眼泪，怎么说是油？"这棵小草儿不服气，争论起来。

"也难怪，你们年纪小，见识少，还不知道她是一个'油料作物姑娘'！"老头儿黄杨说完话，驼着背，铁青了脸，闭紧嘴，再也不愿意多说一句了。

可是两棵小草儿还不肯停嘴，他们总喜欢多知道世界上一些东西，喜欢把事情问得一清二楚，喜欢唧唧喳喳地多说几句。

"啊啊，'油料作物姑娘'——这个名字儿多古怪！一连串的字长得很难念！"

"哦哦，这个名字儿倒新鲜，只可惜不知道它这么题名是什么意思！"

鸡冠花也被撞伤了腰，气得满脸通红，他愤怒地喊着："这个淘气的小家伙，走路横冲直撞，不守交通规则！"

"我是猫！我一伸爪子就逮住了十三个耗子！——你算得什么，你是公鸡！像吗？冒牌东西！"猫一边乱奔乱窜，一边回头来狠狠地回嘴。他做错了事，从来不肯认账。

葡萄兄弟们吓得发抖，有的脸色发青，有的脸色发紫。"幸亏咱们爬上了架子。这个野孩子多么可怕呀！"

等猫闯出这个花圃，两只蝴蝶已经飞得不知去向了。

猫睁圆了眼睛，喘着气，望着天空。

天空蓝澄澄的，连一片白云也没有。

"要是我能够飞——"他失望，又懊恼，垂头丧气地走过银杏树旁。在平时照例要停一下，溜达一下，在树干上抓几下，磨一磨爪子，现在他什么也懒得干了。

喜鹊的家就在这棵银杏树顶上。

她清早起来，把家里打扫干净，收拾整齐，就出去打食，肚子饱了回来，休息一会儿，马上打开那本厚厚的《建筑学》，认真地学习。她在飞禽国里成为有名的建筑师，不是没有道理的。

从花圃里传来的吵闹声，惊动了她。她抬起头来一望，猫正踩在一棵美人蕉的身上跳出来。她认得他，是这个村庄上最坏的一只猫。

"大概又在闹事了吧?"喜鹊想,"唉,他这样胡闹下去,总有一天会摔个大跟头的。"

她看见猫没精打采地踱过来,想飞下去劝告他一番。可是猫不愿意让她看见自己不得意的样子,加快脚步,在银杏树底下溜过去了。

猫一直走到湖旁边。

沿着湖岸,长着一丛又高又密的芦苇,像一座耸起的绿屏风,把镜子一般的湖面遮住了。猫没看见鸭子正在湖里头洗澡。四周静悄悄的,他觉得很无聊,而且有点儿疲倦:"在这儿瞌睡一下再说吧。"

在老柳树斜对面的槐树荫下,猫睡着了。

他先把《呼噜呼噜经》念了一会儿,随后做起梦来:

在一片碧绿的草地上,他追赶着一只漂亮的红蝴蝶,一直追到了紫藤架下,他就飞起来捉住了她。"啊呜!"一口,干脆把她吞下去了。"哼!这就叫做'老虎吃蝴蝶'!谁叫你的两个姐妹捉弄我?——我是猫!猫大王!我一伸爪子就逮住了十三个耗子!"

在梦里,猫舔嘴咂舌,仿佛真的吃到了一只蝴蝶。

秋风带着一点儿凉意,吹过来。怕冷的芦苇直哆嗦,瑟瑟地发响。

猫糊里糊涂地以为一群耗子出洞了,叽里咕噜地说着梦话:"喂,你们这些尖嘴的下流东西,别吵闹吧,我不来难为你们。嘿,我困呢,我要睡觉,我懒得管你们!"

他把身体蜷缩得紧一点儿,睡得真香哪!

槐树低下头来,看见猫睡得烂熟,禁不住心头火起来,"这个毛孩子,多不争气,白天睡懒觉!——我的影子歪在西边,还没到午睡时间哩。"

他一生气，用根枝条儿打在他头上。

猫霍地坐了起来，两只脚掌使劲地擦着眼睛，嘴里又叽里咕噜地说："可恶！谁把皮球扔在我头上？"

但是等到他清醒了，睁开眼睛一看，什么也没有，四周仍旧静悄悄的。

"噢，恐怕我是在做梦吧。"他想起他曾经飞起来吃到一只世界上罕有的漂亮的红蝴蝶。"嗨嗨！不管这件事情是真是假，总是值得骄傲的吧。"

他拉开嗓门儿，不成腔调地自拉自唱：

> 呱呱叫，呱呱叫，
> 我是一只大花猫，
> 我是天下大好佬！
> 叮叮当，叮叮当，
> 耗子见我不敢抬头望，
> 老虎见我称声"猫大王"！
> 唧唧喳，唧唧喳，
> ……

"嘎嘎！嘎嘎！"鸭子讲卫生，爱清洁，洗了个冷水澡，浑身舒畅，一边大声地笑，一边摇摇摆摆地跑上岸来。她听到猫唱的歌，想称赞他"歌曲的调门儿不错！"可是还想向他提个意见，"这歌词未免自高自大。"

猫一向瞧不起鸭子，尽管鸭子笑嘻嘻地走过来，他却板起了脸孔，翘起了胡子，像站在皇帝身边的凶恶的武将，一开口就没好话。

7

"扁嘴！你从哪儿来？上哪儿去？"

"放规矩些。不许你随便叫我扁嘴。"

"那么，我就叫你'圆嘴'。"

"不管扁嘴也好，圆嘴也好，叫绰号总是不正经。你可看见谁对待朋友这样没礼貌的。——好吧，我们不谈这些。我刚才听见你唱了个歌，调门儿不错，可是歌词儿……"

猫拦住了鸭子的话，说："你爱听歌！"

"我爱听。——不过……"鸭子的话没说完。

猫又插嘴了："我为你再唱一个，你想听不想听？"

"谢谢你！我用心听。"

猫又拉开了嗓门儿：

唧唧喳，唧唧喳，

那边来了一个啥？

原来是只扁嘴鸭！

"喏，你又来了！"鸭子很不高兴，"你就像野山村上的那个二流子成天吃吃、玩玩、调皮、捣蛋……"

"嘻嘻！嘻嘻！"猫冷笑着，眨巴眨巴眼睛，满脸狡猾的神气。

鸭子接下去说："好吧，我们不谈这些。有一件重要的事情要通知你：咱们村庄明天大扫除，你也要来参加。别迟到！"

"哎呀！哎呀！"猫捧着头喊起来。

"什么事？"

"头痛！"猫半真半假地说，"讨厌的'大扫除'，我一听到这三个字就头痛！"

"哦，你不爱劳动？你不愿意干活！"

猫装作没听见，抬起了头，望望槐树，望望芦苇，望望老柳树。隔了好一会儿，才低下头来，闭上一只眼睛，睁开一只眼睛，爱理不理地、冷冰冰地说："你们爱劳动你们去劳动。我不干！"

鸭子觉得很奇怪。"怎么，你不愿意把大家住的地方弄得干干净净，插上红旗，多有意思？就说你自己吧，家里头一团糟，也得打扫打扫。那天我在你家门前……"

"你管不着！"猫抹了一下胡子。

鸭子也有点儿生气了，她是难得激动得这个样子："你，你也应该知道：公共的事情大家干，朋友的事情帮着干。"

"你是女教师？猪八戒照镜子自己看看，像吗？"猫毫不讲理地说。

鸭子没话说，转过身去想走了。

猫的眼珠滴溜溜地直打转，不怀好意地盯着鸭子："喂，你慢走，我们再谈谈。"

"你既然不肯参加大扫除，和你多谈也白搭——浪费时间！"鸭子真的要走了。

"咦，你瞧，谁来了？"猫的眼力真好，他一抬头就望见老远地方有两个黑影儿正在向这边移动。

鸭子忽然想起来了："啊哟！真的耽搁得太久了，他们上这儿来找我啦！"

"他们是谁？"

"还不是鹅大姐和鸡大哥吗？"

"哦——"猫从鼻孔里哼了一声。他觉得十分扫兴，原来开鸭子玩笑的打算，像膨胀的胰子泡，"啪！"的一声破了。

现在看得清楚了，两个黑影儿越来越大。一个脖子长的，一个冠子高的。

"再见!"鸭子还是很有礼貌地一躬身子,走了。

猫闭上了眼睛,也不抬一抬身子。

鸭子一摇一摆地迎上前去。她很爱朋友,是一个热心爽直、快活的老实人。

"嘎嘎!"她老远地就和他们打起招呼来,"很对不起哪!我没早一点儿回来。我洗了一个澡,上岸来遇见猫兄弟,和他说话说久了。——猫兄弟还在这儿呢。"

"呸,去你的,谁是你的兄弟!"猫嚼了一口草,又把它吐了出去。

鸭子耳朵不很灵,又只顾迎接朋友,没听见。

鹅拖着肥胖的身子,一边向前急走,一边提高了嘶哑的嗓子回答着:"不忙,不忙。鸡小妹昨天在苹果园里抢捉虫子,淋了雨,感冒了。今儿身上发烧,躺着起不来。所以咱们得把大扫除的日子推迟一下,特地来和你商量商量。你可有什么意见?"

鸭子一听到鸡小妹病了,心里头就着急,话都说不顺溜。

"嘎——嘎——"意思是说你们"看——吧——"

"看过大夫了,病倒不怎么厉害,只是要休息一个星期。"公鸡的嗓子真响亮。不错,他是一个杰出的歌唱家。

猫老远地蹲在后面,也听得清清楚楚。可是他不佩服公鸡,因为公鸡嗓子虽然好,唱的总是"喔喔啼"的老调。他不喜欢。

他自以为比公鸡强得多。

这时候,他们三个已经走在一块儿了,那么亲热,有说有笑的,走回村庄去了。

猫独个儿蹲在槐树底下,觉得寂寞起来,却又不愿意跟上去,只是不停地眨着眼睛,眼巴巴地望着他们的背影。

忽然他们三个在银杏树下兜了个圈子,又走了回来。

猫心里头一高兴，马上精神起来，用心地听着他们讲些什么。

"我赞成把大扫除推迟半个月搞，好让鸡小妹多休养几天。做事情性急总不好！"这粗大的声音是鸭子。

"你的话说得有理，我同意。"这嘶哑的声音是鹅。

"不过，如果下个星期日她仍旧起不来床，我主张甭等了，我顶两份工作得了。"这清晰的声音是公鸡。

"不能让你多辛苦。咱们有福共享，有事同干！"鸭子真心地说，不觉眼圈儿红了，"啊，如果猫兄弟也来帮一手，那就再好也没有了。"

"所以说，我主张还是去劝劝他。"鹅昂起了头说，她的脖子多长啊，"要是他答应下来，即使鸡小妹再多休息些日子，也没关系。"

"对，我们去好好地邀请他。"公鸡用嘴把自己的花衣服整一整好。

"我们要客气些、耐性些说话。"鸭子叮嘱大家。她想轻声点儿说，可是她那粗大的声音仍旧给猫听得清清楚楚。

猫知道他们的来意，心灰了一半。他原想他们是来找他去玩儿的。

"我躺下来假装睡觉吧！"猫就是这样会耍花招。

"猫兄弟！"鹅、鸭子、公鸡一边跑过来，一边亲热地招呼猫。

"呼噜——呼噜——呼噜——"猫故意响起鼻鼾声，《呼噜呼噜经》念得特别响。

"怎么，他一下子就睡着了？"鸭子眨着眼睛，迷惑起来。

鹅摇摇她的长脖子，默默地想了一想，低下头来看了看猫。她不敢碰动他，知道他脾气不好。

"让他打个很响很响的喷嚏——啊嚏！就会醒来的。"公鸡啄了根小草，想在猫鼻孔里撩几下。

"不好，不好，"鸭子急忙阻止他说，"这么一来，他准会生气的。如果谁这样对待我，我也会生气的。"

"那总得想个办法让他醒来。"鹅又昂起头来，伸长了脖子，默默地想，很像是个有思想的哲学家。

"办法还有一个，看你们赞成不赞成？"公鸡说着，挺直一只脚，提起一只脚，作出"金鸡独立"的威武姿势来，抖了抖他的花衣服。"猫兄弟搞错了，以为现在还在半夜里，所以睡得那么香。其实，树林中、果园里、农场上，到处照耀着阳光，时候已经不早，让我唱起一曲'喔喔啼'，保管他就会醒来。"

"这个好。"鹅的长脖子点了两点。

"不过你得唱响一点儿，别让他的鼻息比你的歌声还响。"鸭子以为猫真的睡着了。

公鸡抬起头来，冠子抖动了一下，披在脖子上的长发也飘动起来，多雄壮的样子！他唱起来了：

> 喔喔啼！喔喔啼！
> 该睡的时候要好好睡；
> 该起的时候要快快起。——
> 太阳啊，他在招呼你！

猫没有醒来。"呼噜——呼噜——"的鼾声反而更加响了。

鸭了惊讶地低下头去，像个近视眼似的仔细看看猫，只见他的胸脯一起一伏地抽动着，眼睛闭得紧紧的。

鹅一动不动，还是昂起头来，伸长了脖子，默默地想。

公鸡再唱：

喔喔啼！喔喔啼！

该起的时候还不起？

睡懒觉的家伙没人理。——

太阳啊，他躲进乌云里！

猫还是没有醒来。

鸭子睁大了眼睛，觉得事情太奇怪。

鹅摆了摆身子，耐性的女哲学家也有点儿不耐烦了。

公鸡早看出猫在假装睡觉，现在他不客气了，抢前一步，把脖子伸到猫的耳朵旁边，像一个勇敢的号手样地用力吹起来：

喔喔啼！喔喔啼！……

猫一骨碌翻身跳起来，睁圆了两只眼睛，瞪着他们三个，摆出一副不友好的样子。

"猫兄弟，你早！"鸭子先开口。

"猫兄弟，你好！"鹅跟上去。

"猫兄弟，你起得早，身体好！"公鸡说俏皮话。

"不理你们这一套！"猫气可生大了，"如果你们叫我去大扫除，先来比赛一下，谁胜了我，谁就能够命令我——要我扫干净整条长街，或者整个广场，我也干。"

鹅把头低下来，温和地问："赛什么？猫兄弟。"

"赛跑！"猫粗声粗气地回答。

鸭了着急地说："那可不行啊！你明明知道我们三个总共只有六条腿，你一个就有四条腿，当然赛不过你。"她忧愁起来了。

"那，你们就休想叫我去干什么活！"猫把头侧过去，不睬他们，却"嗤！嗤！"地冷笑着。

"大扫除，清洁卫生运动，这是为大家好，也为你好哇！"鸭子心直口快，又这么老老实实地说。

"我不在乎这个。"猫边说，边抬起了头，眼睛望着天空，完全是一副瞧不起人的样子。

"这样岂不是不公平吗?"公鸡责备着猫。

猫回过头来，露出了牙齿。"你说说看，怎么不公平！"

公鸡没有被吓倒，跨一步，迎上前。"那么，大家出力出汗，把胡同、马路打扫得干干净净，你不劳动，——好意思?"

"我没有叫你们干这种傻事！"

"依你说，就是成天吃吃、玩玩，什么活也不想干，吹吹牛皮过日子，这才是聪明人干的事情！"

猫没话好说，但是显然发怒了，"哺，哺"地喷着鼻息，尾巴在后面甩了两甩，背脊弓了起来。

鸭子慌了，忙说："猫兄弟——我们是来邀请你的啊！"

"少说废话！谁要我拿起扫帚、抹布来，谁得先来和我赛跑。"

"不过，"鹅还是心平气和地讲道理，"你是个赛跑健将，咱们差得太远了，请你甭提这样难度高的条件。"

猫的怒气平下了一半，因为有人在称赞他了。"可是，我，我不只是个赛跑健将啊！"

"不错，我知道你还是个跳高健将，能够从地球跳上月亮！"公鸡故意这么夸奖他。

"你以为我不过是个运动员?"

"不，不，"鸭子看出猫又快要生气了，急忙安慰他说，"你，你又是个旅行家。你常常跑到很远很远的山坳里去，大海滨去。"

"妙乎——"猫笑出来了，"但是你还不知道我也是个歌唱家呢。"

鸭子回头来望望公鸡，看见公鸡的脸色很难看，担心他们再一次吵嘴。

"不错，不错，猫兄弟是个男低音歌唱家，我们的鸡大哥是个男高音歌唱家。"

"那么，你是个什么呢？"猫刁难她一下。他觉得鸭子好对付，可以欺侮她。

鸭子撅起了扁嘴，想了半天，才说："我嘛，我是个游泳家，或者可以说是个渔业家。我们的鹅大姐也是的。"

"你不知道？我也是的！"猫嬉皮笑脸地说。

鸭子给弄糊涂了，不停地眨巴眨巴着眼睛。她望望鹅大姐，心里头在想：难道猫也会在湖里打鱼不成，怎么从来没见过？

公鸡讨厌这个骄傲的家伙，再也不肯错过好机会，立刻插嘴说："可不是，有一天我走过湖边，我亲眼看见你在湖里打鱼，捉起一条大约有十斤重的大鲤鱼来，那鲤鱼的两条须儿可真长哪！你呀，真是一个多么有天才的渔业家！"

"不，你看错了人，我没有在湖里打过鱼，"猫心虚了，他强辩着，"我只是在湖边钓过鱼。我还记得钓起了一条阔嘴巴、细鳞片的鲈鱼，还有一条三斤多重的鲫鱼。——嗨嗨，鲫鱼的味道可鲜极啦！"

猫说完，咽了一口唾水，喉咙里"咯嘟"一声响。

"请原谅，我的记忆力不好，把话说错了。"公鸡装作一本正经的模样，抱歉地说。他看看鹅，又看看鸭子。"今天我们邀请这位出色的渔业家，表演他的拿手好戏，给我们开开眼界吧。"

猫怔住了。他抽搐着鼻子，真够呛，无可奈何地说："可——以——嘛。"

"那么，我们鼓掌欢迎！"

公鸡一带头，鹅和鸭子跟着，一齐拍着翅膀，把地上的灰尘扇

17

起了一大片。

猫暗暗叫苦，但是话已经说了出去，怎么办呢？

公鸡先向湖边走去，鹅和鸭子跟在后面。猫只得和他们一块儿走。他们到了湖边，猫又只得蹲下来，把尾巴插入湖里，摆出钓鱼的架子来。其实，他很明白，这样做不顶事，担心骗不了人。可是他爱面子，只能硬着头皮这样做，想碰碰运气看。

时间一分钟又一分钟地过去了，鱼的影子也不见。

猫的尾巴在水里浸久了，凉得不好受。"我不该说大话！"他有点后悔了。但是他想用拖延的方法把这件事情拖拉过去。

突然，猫唱起歌来：

> 鱼儿呀，鱼儿呀，咱们是老朋友。
> 游呀，游呀，快上我的钩。
> 大的不肯来，小的也将就。
> 你们瞧吧：锅里有油，
> 瓶里还有酒，
> 没有葱烤鲫鱼怎不叫我皱眉头？

鸭子觉得非常有趣，笑着说："好一个快活的钓鱼人！"

"我说这个钓鱼人快愁死了！"鹅说，"他的歌声好像哭声。"

"这唱的算什么歌。"公鸡很生气，"油腔滑调！"

事情真凑巧，猫正在为难的时候，一条乌鱼恰好游过来，看见水里面有一条毛茸茸的东西，以为是条大毛虫，就狠命地一口咬住了。

猫突然觉得尾巴给什么咬了一口，痛极了，乱甩起来。哟！一条黑色带斑、身体滚圆的乌鱼，在地上蹦着，蹦了又蹦。

猫忍住了尾巴的疼痛，咧开嘴强笑着："啊哈，你们看！怎么样——一条大乌鱼！"

鸭子连声称赞："能干！能干！"

鹅点点头又摇摇头，她一半儿相信，一半儿怀疑。

公鸡气得脸色苍白，连头上的冠子也倒在一边了。

现在猫更加骄傲起来。一忽儿爬上槐树，一忽儿又跳下来；一忽儿在草地上奔跑，一忽儿躺下来打滚。他得意得忘记了天高地厚。

"我是猫！一伸爪子就逮住了十三个耗子！一甩尾巴就钓起了一条大乌鱼！"他乐得说了又说，巴不得把这句话让广播电台告诉全世界的人。

一只小麻雀，停在老柳树的柳条儿上。柳条儿轻轻地飘荡，他正好一边打秋千，一边看滑稽戏。

说起来小麻雀的鼻子虽短，眼睛却灵。他觉得他应该勇敢地飞下去，实事求是地揭穿猫的鬼把戏。

他就像个小麻球样地飞落在地上。

"喂，亲爱的猫先生！我请教你：你的尾巴上挂着的是什么？可是一朵大红花？今天是什么日子，你打扮得像个姑娘似的？"

这就引起了鹅、鸭子和公鸡的注意，发现猫的一圈黑又一圈白的竹节似的尾巴尖上，血渍斑斑的。

猫给这么一提醒，立刻又觉得尾巴上热辣辣地痛得不好受。但是他想起"我是猫！我一伸爪子——"就只能硬装好汉。"那有什么，不过我咬死了一个该死的甲虫，一不留神咬伤了自己的尾巴。"

"你的牙齿和乌鱼的一样不肯留情！"麻雀说着，"吱吱！"地好笑。

公鸡也来取笑他："我们的猫兄弟挺勇敢，就是给狮子咬一口也不过像给蚊子叮过一样，只觉得有一点儿痒刺刺、麻辣辣罢了。"

猫恨得牙齿痒痒的，想报复大家的嘲笑，但是尾巴上的血渍抹不掉，硬不起来。

他闭上一只眼睛，想把话题扯开，狡猾地说："反正乌鱼钓上来了逃不掉，等一会儿我请客。现在咱们上喜鹊姑娘那儿去看看她"。

"嘎嘎——谢谢你！乌鱼的滋味我吃腻了，你自己多吃点儿吧。"鸭子想起木盆里的衣服还没有洗，不能再多耽搁了。

鹅可不这么想。她以为让猫到聪明有学问的喜鹊姑娘那儿去，可能会得到一些教训，这，对于一只懒惰又骄傲的猫有好处的。

她顺着猫的意思说："可以，可以先看看喜鹊姑娘去。"

公鸡想到半个月以前，水莲花开满池塘的时候，那些日子在苹果园、葡萄园里捉虫子，早和喜鹊认识，并且做了好朋友了。这一阵工作忙，多时没见面，现在和大家一同去看看她也好。"那么，走吧。"

小麻雀不吱声，只忙着摇晃他的小脑瓜：向上、向下，向左、向右，一刻不停，大概心里头很不高兴吧。他觉得鹅、鸭子和公鸡竟这么不中用，给猫容容易易地滑过去了。

他们离开湖边向树林走去，没多久，已经走近了那棵高大的银杏树。

猫每次从银杏树旁边走过，老是这么想："什么时候爬到树顶上去——当然最好是飞上去，看看喜鹊姑娘。她的家多高，真有趣，从她的家望出去，一定可以望得到海。听说她家里收拾得又干净又整齐，我能够在那上面睡一会儿就好了。啊，如果她家里还藏着两个小宝宝——"猫老是不转好念头。

喜鹊把一厚本《建筑学》看完了，打了一个呵欠，揉一揉眼睛，站起来望望，看见一队奇怪的人马开进树林：猫带头走在前面，大模大样的，尾巴翘得那么高，像插着雉尾的威风凛凛的大将军。她猜不出他们要来干什么。

忽然间小麻雀飞来了，这个饶舌的小家伙，一五一十地把这件事全告诉了喜鹊。

喜鹊笑起来，"看来这个坏蛋想到这儿来捣乱了。"

小麻雀说："可不是，他的眼睛长在头顶上，瞧不起人！"

可是喜鹊诚恳地说："让我们大伙儿帮助他。眼睛还是长在鼻子两边的好。"

猫走到银杏树旁，看看笔挺的干，粗大的枝，浓密的叶，是个多么好的地方。他不觉又想起来：要是我是喜鹊的话，我就要在这大树干上，钉上一块大木牌，写着：

> 猫公馆·大建筑师猫大王在此！

他还以为喜鹊真的不懂事，成天读书，是个书呆子。其实，她既爱读书又热爱劳动，学习、工作都好。

"喜鹊姑娘！喜鹊姑娘！"猫在银杏树底下憋着喉咙，装出亲昵的声音叫起来。"你别那么用功，累坏了身体划算不来，请下来和我们一块儿散散步吧。"

喜鹊探出头来，看见猫仰着狡猾的脸孔：一个颤动的鼻子，两撇翘起的胡子，眼睛眯成了两条细缝，尾巴一甩一甩的，正在打什么坏主意呢。

"谢谢你的关心，猫兄弟！"喜鹊向小麻雀瞅了一眼，她知道他喜欢磨嘴皮，要他不插嘴。接着说："我一点儿也不觉得累，读书是件快活的事情。"

猫心里想：今天可有苗头——这个姑娘平时碰到我，老是板着脸儿，不是受她教训，就是挨她责骂，现在却有说有笑的。他一高

23

兴，又说下去："看的什么书？我想一定是很好听的故事吧，肯讲给咱们听听？"

猫在说话的声音里，掩不住心里头的快乐。他觉得今天早晨玩儿多，过得真不坏。

鹅、鸭子和公鸡听说要讲故事，就决定再待下去，鸭子是特别爱听故事的。

猫又甩甩尾巴，装出恳求的样子："多谢你，喜鹊姑娘，快讲吧！"

"我就讲，我就讲。"喜鹊用好听的声音讲起故事来：

从前有一个村庄，村庄里有一只猫。

猫的心"怦"地一跳，身子一动。"一只猫？"他眼睛眨了两眨，不做声。

这是一只聪明的猫，不过有点懒惰，最大的缺点是骄傲。但是他本领的确很好，是一个体育家，赛跑、跳高都得了奖——

猫很喜欢听这个故事，忍不住问："多棒！他又是一个歌唱家吗？"

"是的，他是一个杰出的歌唱家。"喜鹊回答他说，"你别打扰我，听我讲下去：

他的唱歌也非常有名，特别是那支"呼噜——呼噜——"催眠曲。有一回，他在石头山脚下的一个音乐大会上，唱着这个歌，歌还只唱了一半，全场一千个观众九百九十九个睡觉了，——只有一个没有眼，是小毛驴，他一边听唱歌，一边做算术题：三加四是不是等于七，想得脖子上的青筋也暴起来，这样好听的歌竟没听进去，所以就没有睡觉。但是，喝醉了酒的猩猩，竟评判他获得了一等奖——

"嘎嘎！嘎嘎！"老实的鸭子笑出来了，仿佛她自己得了奖一样，"他大概得的是个金质奖章吧？"

喜鹊没回答她，就要讲下去。可是猫实在太高兴，忍不住又插问了一句。"他还是一个旅行家吗？"

喜鹊用了夸张的口气，讲下去：

> 一点儿不错！他还是一个伟大的旅行家：到过大草原，穿过大森林，横过大沙漠，上过八千八百米的高山，还下过四千米的深海，所以，他同时是一个杰出的潜水家；当然，也是一个头等的游泳家——

"伟大！伟大！他还是一个伟大的渔业家呢！"猫得意地补充了一句。

"这个家伙骄傲得冲昏头脑了。"喜鹊想。

> 当然他还是一个伟大的渔业家，他能够出色地用尾巴钓起一条大乌鱼来——

猫高兴得觉得身体轻飘飘起来，忽然想起："喂，他还是一个航空家吗？"

喜鹊给他这么突然一问，几乎回答不出。

我想是的，他是一个非常非常勇敢的航空家——

"我想一定是的！"猫高兴地嚷起来，伸起脚掌来抹抹自己的鼻子，"这个故事里头的猫，就是我啊！"

麻雀不服气："我说不是你。你不会飞！"

"我当然也会飞！"猫想也不想，立刻大声地回答出来。

鸭子歪着脖子，又像近视眼似的仔细看看猫，暗地思忖着：他有翅膀？

鹅昂起了头，伸长了脖子，默默地想：猫啊，你不该这样夸口！太骄傲了不是？

"呃，应该谦虚点！"公鸡抖一抖他的花衣服，提起了一只脚，放下去又换了一只脚。

"那么，你当场就飞给咱们看看！"小麻雀很不服气。

公鸡也忍不住了："猫兄弟，咱们失敬了！从来不知道你还会飞！"

猫不做声，他有点后悔了。

但是当他看见大家的眼光都射在他身上，就想起"我是猫！一伸爪子就逮住十三个耗子！一甩尾巴就钓起一条大乌鱼！难道我就在这些小子们面前丢脸不成！"

他越想越烦恼，虎出了牙齿，粗暴地说："好吧，我飞给你们看！"

于是猫昂着头，弓着身子，屈着一双后脚，翘起尾巴，注视着银杏树顶，眼睛里几乎冒出火来，用力往上一蹿，抓住了一根树枝。

"瞧吧，我不是飞了起来吗？"猫喘着气说。

26

喜鹊很和气地说："这可不是飞。"

猫老羞成怒，反问了一句："这难道是爬吗？"

"不。这是跳。"喜鹊仍旧平心静气地解释着。

大家都好笑起来。　"喳喳！——唧唧！——呵呵！——喔喔！——嘎嘎！……"

树林里也响起一片笑声，并且从远山那边激荡起一阵回声来。

他们都是行家，对于飞，谁都知道是怎么一回事。

这一笑，笑得猫脸儿通红，一直红到脖子根上。谁也没有看见猫红过脸，这还是第一次。虽然在历史上也只有这么一次，可是他懂得"惭愧"，总是好的。

猫松开了爪子，悄悄地一纵，跳落地上。

现在，轮到小麻雀来表演了。他把尾巴向上一翘，缩起两只脚，张开翅膀来，拍了两拍，身体就在空中腾起来，随后脖子向前一伸，飞了出去。只见他用尾巴摆一摆，就转着个弯儿飞回来。接着松开尾巴，慢慢地敛下翅膀，轻轻地降落在树枝原来的地方，面不改色。

大家心里头想："多么优美的姿态！"

小麻雀也得意起来，小声小气地说："猫先生，你瞧吧，这个样子才叫做飞！——"

猫没等小麻雀说完话，就耷拉着头，拖着尾巴，像害了一场大病似的，慢腾腾地踱到湖边去。

鹅向鸭子和公鸡说："咱们走吧——我得回家淘米、洗菜去了。"

"正是，我得赶快回去看看妹妹，热度退了没有。还要到井边去，水缸里没水了——"公鸡对于时间的感觉是最最灵敏的，"太阳快升到头顶上了！"

是啊，到了正午时分，他还得站在村庄的广播台上报告时间哩！

鸭子一声不响地跟着他们在后面走。

她替猫兄弟难过，仿佛看见他独个儿走的时候流着眼泪。她希望他能够改过。鸭子的好心肠，不过有时候却鼓励了猫的恶作剧。

喜鹊望着猫灰溜溜的背影："嗨嗨，要飞嘛，该好好学习！"

猫跑回到湖边，乌鱼不见了，这像火上加油，增加了他的愤怒。"又是那个钩嘴巴、大翅膀的老家伙，把我辛苦钓来的鱼偷了去。啊唷，这些会飞的都不是好东西！"

就在这时候，他又想起了飞，怒气冲冲地说："我是猫！我一伸爪子就逮住了十三个耗子！——我要飞，就能飞！只有那条笨驴子，不论做什么事，总得先刻苦学习一番。我就不这样！"

他就在槐树底下，暴躁地一次又一次地用力往上飞。不成！都掉下来了。

忽然他有了个"聪明"的主意。"既然从下面飞上去不成，为什么不从上面飞下来呢？——我真像笨驴子一样笨！哈——"

他急躁地爬上树去。攀上一根树枝，再攀上一根树枝，一直爬到了槐树顶上。

"我是猫——我要飞！"猫在树顶上站得老高老高的。

他学着飞的样子，张开两条前腿，伸直两条后腿从树顶上"飞"下来了。

在半空中，他翻了个跟头，喊着："啊，坏了！坏了！"快掉到地面上时，他倒栽着摔下来。

他摔得不轻，四脚朝天，好久好久爬不起来。

骆驼寻宝记

"哎哟，在那遥远的地方，有一宗无价之宝哪！"

这位披着蓝黑开衩大衣、穿着雪白毛绒衬衫的燕子，是个旅行家。他不知从哪里听来了这样一个让大家兴奋得睡不着觉的消息。

好消息像长了翅膀，从白山黑水，南滇北岳，滇池洪湖，柴达木和克拉玛依，直到拉萨和日喀则，日月潭和阿里山……到处传了开来，一传十、十传百，惹得飞禽走兽们个个雄心勃勃，跃跃欲试，连一分一秒钟都待不住，火烧火燎地要寻宝去。

清早，山顶上、丛林里的空气新鲜得很，大象从山坡上摇晃着庞大又笨重的身体，一步一顿地走到原野上来。他那不住扇动的两只比蒲扇还大的耳朵，听到了这个十分离奇的消息。"不管是真是假，总得花点力气去找一下，别错过了机会！"于是，他背起两千斤香蕉，高举起长鼻子，迈开四根圆柱子般的大腿，好像带领百万大军打头阵的开路先锋，出发了。

母象看见公象这模样儿，大吃一惊："老头儿疯了？这么莽冲莽撞的！——可是，昨晚在山谷丛林里他还是好端端的……"

她疑疑惑惑地问："上哪儿？急得这个样子！"

"还不快走，寻宝去！"他斥责妻子，这样的好消息，会漫不经心地放过。他嘟嘟囔囔地说："快走吧，老婆子，别婆婆妈妈的了……走吧，走吧，助我一'鼻'之力。"

花果山上，孙悟空的第一百零八代玄孙、青脸的金丝猴，这天从高山密林下来，无意间听到了这个消息，二话没说，来个鹞子翻身，跳下树来，穿起金光灿灿的丝绒袄儿，挠了挠腮颊，手往眼上一塔，眼珠滴溜溜一转，身子往前一躬，马上跑到水帘洞去，摘下十来个香喷喷的水蜜桃，装进葛藤打结的口袋里，往肩上一搭，使出他老祖宗传下来的绝技，自言自语了一声："寻宝去！"

白眉长臂猿正伸着两条长臂，紧握两根柳树的枝丫，在玩荡秋千的把戏。他看到金丝猴出门赶集的样子，不觉好笑了："这小子想买什么宝贝，这么早就出门？"

"当然是宝贝啦！"金丝猴是个机灵鬼，耳朵挺灵，用嘲讽的口气回答："早去早得，迟去没得；你没尾巴，靠边站！"

长臂猿一听，着急了："上哪儿去寻宝？"

"你啊，胳膊虽长，可脑袋瓜太小！"

长臂猿胸膛上仿佛中了一箭。他憎恨这个精灵鬼的话刻薄而又尖锐，只是他又很贪心。现在听说寻的是宝，心想："不能放过啊！"就厚着脸皮、死乞白赖地说："咱俩是好邻居，这回你拉我一把吧。"

金丝猴脸蛋更青了，暗地里好笑："昨天黄昏，他趁我不在家，像贼儿那样，鬼鬼祟祟地来偷水蜜桃。要不是我在河边远远地望见了，高喊一声，家里的枇杷、草莓、柿饼早就给他偷光了。这也算是好邻居？嘿嘿！"就没理睬他。

"拉我一把，一同去吧！"又是一声可怜的乞求。

金丝猴怕他恼羞成怒，会用两条粗壮的长臂，没头没脑地揪打自己。就假意答应："我在分水岭那儿等着你，你慢慢地来。"说着，耸一耸肩膀，一个筋斗就翻走了。

长得比三层楼房还高的长颈鹿，清早起来，慢腾腾地移动长腿，若有所思。他那副悠然自得的样子，很像从象牙塔里踱出来的一位风雅高贵的朦胧诗人。正当他昂起头，斯斯文文地咬下一片阔叶子，

一只想飞的猫

骆驼寻宝记

要细细咀嚼的时候，淘气的风孩子，鼓起两颊，把燕子传送的这个消息，吹火筒般地用力吹进这位高个儿叔叔的耳朵里："哎哟，在那遥远的地方，有一宗无价之宝哪！"

长颈鹿眨巴了一下大眼睛，半张碧绿的阔叶子还叼在嘴巴外面，就昂起了头，向四面八方来回观望。愣了好一会儿，才撒开四条长腿，一蹦一跳地奔跑起来。一边跑一边想："不知宝在哪里？可有宝总得寻嘛——我寻宝去！"

平时爱"哇啦！哇啦！"吵闹的乌鸦，半夜里会突然地叫起来：既不像杜鹃的夜哭，又不像鸱鸮的怪叫，声音实在难听。黄莺叫他"黑妖精"，画眉叫他"丧门神"，大伙儿都咒骂他们是"不吉利的老东西！"说什么"这片昏天黑地的乌云就是他们叫喊来的！"又说什么"这阵刮得树林发抖，让咱们家倒塌的大风也是他们召唤来的！"……群众的意见真比夜空里的星星还多。这对老乌鸦怕众怒难犯，也就收敛了一些。有一个时候，他们在窝里悄悄地说话。可是没多久，老脾气发作，按捺不住，又"哇啦！哇啦！"地大喊大叫起来。这样，又遭到群众的斥责，日子很不好过。

俗话说得好："江山易改，禀性难移。"两只老乌鸦倒也有点儿自知之明，商量了好几次，决定搬家。在远离大伙儿居住的黑松林旁，他们看中了一棵高大的银杏树，一边"呜哩！呜哩！"叹着气，一边"哼哼！哈哈！"地筑了个窝，在此安家了。

他们因为住得高，什么声息总是先听到。这天早上燕子捎来这个百年难得的好消息，使他们憋不住了，就大声地把三个儿子叫醒，一同飞出去，并边飞边叫："哇啦！哇啦！寻宝去！寻宝去！……"

住在冰天雪地的大黑熊，他吸取蝉儿借不到粮、饿死在柳树底下的教训，在冬天来到之前，大显身手：上树采野果，下水摸鱼虾，跑到田里掰玉米棒子，闯进蜂场放肆地饱吃一顿蜜，连路边的野草也要抓一把来往嘴巴里塞，真是碰到什么吃什么，比一大群蝗虫还厉害。胖乎乎的身体里全是脂肪，老远望过去，跟一块黑石碑差不离，只没刻上"偷吃懒做"四个字。

他平时不劳动，不锻炼，也不讲究清洁卫生，连自己住的房子也不会造。到"北风卷地百草折"的大雪天，才慌慌张张找个向阳、背风的山洞，钻了进去，闭上眼睛，摊开四肢，尽情地享受"蹲仓"之乐。

大黑熊在蒙蒙眬眬中，早就听到了燕子、乌鸦和喜鹊飞鸣而过的声音，就是不肯从暖洋洋的窝洞里拔出身子来。可是当他蓦然听到大象沉重快速的脚步声，长臂猿向白头翁问路寻宝的声音时，就醒过来了。"什么事？寻宝去？什么宝？哪儿寻？……"一连串的问号搅得他头昏脑涨。不要以为他呆呆木木、傻头傻脑的，遇到生活上的事——吃、喝、玩、乐，却从来不迷糊。

他从洞里爬出来，恰好袋鼠寻宝打从他面前跃过，他就顾不得找东西吃了。笨手笨脚地连爬带跑，咕哝着，呼哧着，重复着袋鼠的话："寻宝去！"

袋鼠也是从燕子那儿得到这个"寻宝"的消息的，马上把四个孩子放进育儿袋里。最小的孩子——出生了只有一个月零二十三天，他爱玩，不愿在妈的袋里待着，可他妈把他抓起来硬揿进袋里，他只好眼泪汪汪地把半个身子探出袋外。

袋鼠得宝心切，一蹦就是三四米，孩子们在袋里东倒西歪，小脑袋瓜儿都碰疼了，可是他们的妈一心想的是宝——寻到宝就是寻到一笔财产，好当上"百万富翁"，不，只不过是个"百万富婆"，孩子们的事情都顾不上了。

袋鼠妈越蹦越快，越跳幅度越大。有一次，一蹦十米，竟把那个最小的儿子抛了出来。小儿子在她后面"妈呀！妈呀！"地叫，她哪里听得进去？在她耳鼓上打响的只是"寻宝去！寻宝去！"的声音。

在袋鼠后面紧跟着的是一只梅花鹿。她是个女赛跑家，创造过百米五秒四的新纪录。你看她：披着一件栗红色上面布满梅花状白斑点的外衣，体态轻盈，一跃一跃地、行云流水般地飘向前去。

她那和善的脸上，两只大眼睛里忍不住淌出两颗明亮的泪水。咦？"寻宝去"是件高兴的事嘛，怎么会落泪呢？原来，她看到袋鼠妈的小儿子被抛了下来，自己没有育儿袋，也没长角可以挂带；可又不忍心，心头一酸，热泪就淌。要不是从新疆奔来的高鼻羚羊、从好望角山地赶来的浑身有黑色横纹的斑马的有力的"嘚！嘚！"的蹄声催促着，她准会停下来照料一下小袋鼠的。她相信自己不愿当"弃儿寻宝"的硬心肠的母亲！

乌鸦一家飞过无边的绿色田野，大白兔正蹲在田畦中间，美美地吃那红心白皮的萝卜。三只小乌鸦瞥见了，动了心，就不想跟着爹、妈寻宝去了，他们想的是有吃、有玩和找朋友做游戏，却连做梦也不会想到"寻宝发财"这劳什子！

大白兔吃东西总要竖起长耳朵，如今猛听得空中瑟瑟发响，这个胆怯懦弱的屠头东西，以为是黑风怪从天而降，怕它们又要呼风唤雨，弄得不好，还要打一阵冰雹。他那裂开的上唇发抖，眼睛火红火红，短尾巴摇个不住，直等到听清是乌鸦的叫声，他才安下心来。定神一看，真的是乌鸦，而且还是三只小乌鸦。

他想到去年夏天，在大青山脚下的一片草场上，他和乌龟赛跑，自己因为骄傲打盹，失败了的时候，那一对老乌鸦和他们的三个小崽子，连眼泪都笑出来了。"嗯！今天也该让我来和他们开开玩笑了。"

"你们三个老鸹的儿子来吧，"大白兔假献殷勤地招招前肢，"来

吧，来吧！这儿有甜瓜，请，别客气！"边说边指指那橙黄色纺锤形的、上面有突起小瘤的苦瓜。小乌鸦猛地一啄，满口苦味，"苦哇！苦哇！"地乱叫起来。兔子也笑出了眼泪："我，我骄傲……你们，你们无知……咱们是半斤八两。谁也别笑谁，更不要笑得太早！……"

随后，大路上来了一只胸部丰满、大脚厚蹼的白鹅。她伸长脖子，摇摆身体，不松不紧，不快不慢地走着。这位鹅大妈紧闭扁嘴，望着高远的天空，恍恍惚惚地在想什么。她想起一千多年前唐朝诗人赞美她的诗句："……白毛浮绿水，红掌拨青波。"又想起了"……我在人间随鸭群"的诗句，不由得叹了口气。

忽然，她身体像个白圆桶那样滚动得快起来了。"要是我找到了'宝'，这个法宝让我飞起来，岂不一步登天，直上青云了……"她几乎不敢再想下去了，"那时候啊……那时候啊，天鹅还能瞧不起我吗？大鹏鸟不就得和我'称兄道弟'了吗？……不，不，我说错了，应该是'称姐道妹'……"

她身后陡地响起了一阵"嘎！嘎！嘎！……"恼人的喧哗声，这是心直口快、胸襟坦荡的鸭大娘，带领了大大小小的七八个儿女，也为了寻宝赶上来了。这样就干扰了她回嗔作喜的情绪，打断了她渐入佳境的思路。"这女人不识相！……"嘀咕着，"白圆桶"滚动得慢起来了。

鸭大娘气喘吁吁地和她的孩子们一起赶上来了，边吃力地跑，边亲亲热热地喊："姐姐，您请等等，我们就赶上来了。啊，要不是鸡大嫂和她鸡老公吵嘴，食火鸡来劝解，我还不知道有'寻宝'这回事儿哩……"

"谁是你的姐姐？你配！"

"姐姐，您怎么不招呼我一声就走了？"

"谁是你的当差？一定得通知你，呸！"

"喂，喂，姐姐！走慢点儿，咱们一块儿走。寻宝嘛，多几双眼睛有好处——您还不知道，我的小家伙们都是聪明的孩子呢！"

白鹅不理不睬，却把脖子伸得更长，额上的肉瘤挺得更高，一股劲儿地摇摆白圆桶般的身子向前快跑。

鸭子心里不是滋味，眼里滚出热泪，但是很能体谅人家："不怪她，不怪她。她身强腿粗，不快走不行。寻宝嘛，哪个不急得像在火烫的油锅边儿上团团转！……"

这时候，她的亲戚们绿翅鸭、麻背鸭、斑嘴鸭、罗纹鸭、秋沙鸭、花脸鸭和凤头鸭，还有北京鸭，一窝蜂似的都来了，欢欢喜喜、热热闹闹地挤在一起走。鸭大娘才把眼泪咽进肚子里去，只一会儿，又高高兴兴的了。

这些鸭子们，一路上大声地吵吵闹闹，究竟在讲些什么？有的说："跑了这么多路，不知能不能找到宝？"有的说："咱们人多，宝一定能找到！"有的说："咱们找到了，'二一添作五'，'四一二余二'，平均分。"有的说："不要分，大家公用。"有的说："把宝卖掉，买个清水池塘，好让大伙儿舒舒服服、痛痛快快地洗澡。"……

老公鸡昨天黄昏，在厨房窗子外面的破钵里头啄到了宴会席上剩下来的酒酿，觉得味道好，就不停地啄，啄了个精光，连钵底里的青花也见了天。

过了一会儿，老公鸡觉得头有点儿晕，眼有点儿花，身体有点儿晃。

平时"咯，咯，咯！"地爱问长问短的老母鸡，看到她丈夫神情恍惚，当然要问了："老头儿，你怎么啦？"

"没什么，多吃了点儿酒酿。"

"多少？"

"小半钵。"

"你不让我和你的孩子也吃点儿?"

公鸡醉醺醺地:"别噜里噜苏……"说着,蹲下去睡着了。

老母鸡一肚子的气没处出,打发她儿子早点睡觉,自己也跟着睡了。

半夜过后,月光朦朦胧胧,仿佛雾里的太阳,耀得天空白茫茫的。老公鸡混混沌沌地醒来,以为天已拂晓,曙光闪亮,赶紧站到棚外,振一振华丽的衣裳,想到"雄鸡一唱天下白"的赞美诗,急不可待地引颈高叫:"喔喔,喔!喔喔,喔!……"

老母鸡正在做梦,连下了十个蛋,还要下,却给吵醒了,她走出棚去一看,还只是三更天,就知道她老头儿错了。"啊哟,你这个老糊涂蛋,睡了一觉还没清醒!谁叫你狠心贪吃,醉成这个样子,连'三更灯火五更鸡'的老规矩都给忘了!……"她昨晚上没出的气,总算找到个出气口了。

老公鸡这时候才知道报时失误,把"岗位责任制"给忘了,心里十分难受,气得头顶上锯齿形的冠也倒了。

老母鸡没体谅老头儿无意的错误,还想"咯!咯!咯!"地唠叨。

老公鸡生气了,"你一天到晚'谷!谷!谷!'只知道几粒谷,可不知道国家大事,世界大事……"

突然,食火鸡闯到棚门口来了,睁圆了眼睛,项颈下的肉垂微微颤动。"你们俩在争吵些什么,还不快走!"

"这么早往哪儿走?干什么?"

"啊啊!你俩真糊涂,没听说大伙儿都去寻宝去了吗?"

"尽饱?"老母鸡眨巴眨巴眼睛,"现在还没到吃早饭的时候哩!"

"不是'尽饱'是寻宝——宝贝的'宝'!"食火鸡把"宝"字说

得很响很响，生怕鸡老公、鸡老婆还听不明白。

老母鸡小事抓紧，一粒谷子也丢不了，可是碰到大事，就吓呆了。她呆木木地望着她老公，老公鸡又懊丧，又气闷，偏着脑袋直直地盯着他老婆。你看我，我看你的，连食火鸡也愣住了。

夜风轻轻吹，四周静悄悄的，不知哪棵树上掉落下一张阔叶子，飘在冷冰冰的花岗岩上，"嗤——"的一声，把他们三个都惊醒过来。

食火鸡很着急："现在时间不算晚，机会还有。从非洲来的鸵鸟，从南极洲来的企鹅，从西伯利亚来的白额雁，都动身寻宝去了。苍鹰穿云破雾，在空中飞行，快得像一架喷气式飞机；云雀蹿在云端上面，像一架航天飞机；海鸥在大海上一上一下地滑行，又像一架滑翔机……好了，不多说了，你们带着儿子趁早动身吧！"

老母鸡不解地，问："那么，你呢？"

"我嘛，"食火鸡料不到老母鸡会问这样一个问题，"我啊，如果不怕日光，早已动身了，还来你们这儿多管闲事！"接着又补充了一句："你还不知道我只是早晚才出来觅食的吗？"

老公鸡心情舒畅了，话说得很轻松，也很得体："别生气，这闲事管得好，热心人嘛。咱一家人能寻到宝，'喝水不忘掘井人，忘不了您这个远亲家！谢谢您了，再见！"

大头、阔脸的狮子，鬃毛直披到颈项上，样子很威武。它被称为百兽之王，听说有宝，他不能再睡懒觉了，急忙推醒了他的狮婆娘，各自驮上儿子和女儿，披头散发地出洞了。刚跨出洞口才一步，就来个"下马威"，大吼一声，震得树林里的树叶纷纷落下。

两个狮崽子，以为父母要带他们去玩，说不定还会上杂技场去表演滚绣球呢！这是他俩的拿手好戏，所以乐于匍匐在父母的背上，还不知道是去寻宝哩。

中国童话大师系列

陈伯吹童话全集

被称为"大虫"的老虎，头大而且圆，尾长而有劲，身穿淡黄有黑色横纹的袍子，果然威风凛凛，相貌堂堂，不愧为"山大王"。像这样的一个大人物，肯定不甘心坐失寻宝的机会的。

现在，这条东北虎和他的雌老虎，各背上子女，矫健、敏捷地出发了。俗话说："云从龙，风从虎"，但见他俩风驰电掣般地向前飞奔去，仿佛比射出去的箭还快。他性子暴躁，是个"霹雳火"，只几个虎跳，就抢在狮子的前面了。

金钱豹、大灰狼、独角犀他们，都是强者，自以为只有他们才有寻宝、得宝的资格，尽管他们也还不知道这个宝是什么样儿的，但都自高自大地、气势汹汹地走着。犀牛是个一千二百三十度的深度近视眼，还得依靠背上的犀鸟指引他跑路呢。

马呀、牛呀、羊呀，他们是和和气气的劳动者，勤劳勇敢，平时安分守己，不大串门，也不大抛头露面。今儿个听说远处有"宝"，就结伴前去，想碰碰运气。

身穿铁甲，嘴巴张得血盆似的鳄鱼，他阴险、狡诈，潜伏在江海边缘，一动不动，乔装打扮得像根枯树枝，谁要是不留神，准会上他的当。他咬死了你，还流眼泪呢！他的宗族散处在四面八方：扬子鳄、印度鳄、非洲鳄和美洲鳄。这些丑八怪，今天都登上陆地，发挥他们爬行的本领，寻宝去。

胖乎乎的，体重三四千公斤的河马，长得头大、嘴阔、耳小、尾短。他看到大伙儿都寻宝去，不觉眼红，不自量力地上了岸。跑不到一公里，就累得"哈呼！哈呼！"地跑不动了，而且也饿了，非下河去吃些水生植物不可了。

从山岭、沼泽、森林和沙漠地带，都有路通向沃野千里的大平原。那条平坦宽阔的大道，尽管宽度几乎有一百米，可早被禽兽们挤得水泄不通。但见尘灰滚滚，烟雾漫漫，在尘雾中不停地爆发出极度混乱的骚扰吵闹的声音：狮吼，狼嗥，虎啸，马嘶，驴鸣，牛哞哞，羊咩咩，还有鸡喔喔，鸭嘎嘎，鹅和鸽的哦哦、咕咕……辨不出他们在喊些什么，总而言之，个个都在喊着同一句话："寻宝去！寻宝去！……"

"寻宝"这件事，轰动了整个禽兽国，直闹得天翻地覆，但是也只有三天，这么一件史无前例的"壮举"，就偃旗息鼓了。这又不能不说是一件怪事！

飞禽走兽们狂奔乱窜，个个像疯子一样，使出浑身的劲儿，冲啊！冲啊！到了日落西山，东方已升起一钩新月的时候，便有一大半松劲了。麻雀、斑鸠、鹅和鸭，还有老公鸡、老母鸡，趁着天色昏黑，就从大道旁边"开小差"了。小毛驴眼快，看到几个黑影向后移动，这个常常被寓言家称作"蠢货"的，在这与自身有关系的关键时刻，也聪明起来了。"溜走吧！他们回老家，我也回老家。"

第二天清早，没有肩胛的黄牛，也蹲了下来，赖着不走了。他这么一来，就在心理上影响了大家。接着旱獭、沙獾、果子狸、黄鼠狼，还有鹌鹑、鸱鸮也先后停下来了。半晌，他们也一个又一个地悄悄向后走了。他们都有同一个心眼儿："东西在哪儿还不知道，就这么赶了一天一夜，太盲目了，别犯盲动主义的错误！"

第三天，寻宝的少了一大半。这条宽阔平坦的大道上，显得空空荡荡的，情况十分不景气。

生性凶暴的大猩猩，一屁股坐下来。什么东西戳了他一下，他觉得痛了，就伸出两条有两米半长的粗胳膊，狠狠地把路旁的一棵杨树倒拔了起来，使劲掷出八十米远！要是在田径运动会上，还不是一位挂金牌的掷标枪的冠军吗？可惜他不是这块材料。

小猕猴一看这光景，脸色发白，小身体抖个不住，害怕大猩猩没找到宝的窝囊气恼发泄到自己身上来，他那藏着颊囊的脸颊哆嗦着，不出一声，卷起尾巴，回头就走。正像一个小孩子看见父母发脾气一样。

眼镜猴睁着圆而大的眼睛，趁太阳还没升高，敏捷地跳跃出走。他本来是爱在夜间活动的嘛。

黑熊肚子早饿了，胃在叽里咕噜地造反。他一想起蜜，更无心寻宝了，且回去爬进篱笆，闯到蜂场上饱吃一顿再说。他一声不吭地蹒跚走回去，没有来时的那股劲儿了。

长颈鹿的两只眼睛，长在头顶上，这样就便于他高瞻远瞩。可是他已经跑了两天，这条路笔直笔直，一直伸展到和天空连着的地平线，还是望不到尽头。他怀疑是不是走了一条错路，踌躇了，跑跑，停停，停停，跑跑，终于也跑回头路了。

大象的两千斤香蕉早已吃得差不多了，可是他很耐心，仍然在向前跑，只是脚步慢了点儿。和他并肩前进的独角犀，突然停了下来，听着背上的犀鸟咕叽咕叽地叫，就转过几乎没有毛而皱褶很多的微黑的笨重的身体，也向后开步走了。

"可不能轻信人家的话，自己拿不定主意啊!"大象嘴里这么批评人家，自己心里也动摇了，把长鼻子甩了几甩，垂头丧气地像一朵压在地面上的乌云那样，回去了。

第三天正午，天气炎热，又没处喝水。金丝猴的水蜜桃昨天已经吃完，现在没力气了。正愁闷间，一阵风夹着沙粒吹来，金丝猴拍拍背上的金色长毛，眼珠滴溜溜地一转，苦笑一声："多脏，我这件金丝袄儿别给风沙损污了!"耸耸肩膀，板起青脸儿，想随风转舵了。

"好呀，你说得是，提醒了我，"孔雀趁这股"东风"顺口接下去说，"你那金丝袄损污不得，我那五光十色的金翠钱纹屏，更加弄脏不得!"他轻松地学着燕语："不如归去! 不如归去! ……"打个

盘旋飞回去了。即使他想起自己曾经讥笑过黄鼠狼说的话，也不会脸红的，反正"说"是一码事，"做"又是另一码事。

金丝猴聪明伶俐，乐得顺水推舟："你走了，我也走吧。"

带股热腾腾暑气的沙风，吹了一阵，又是一阵，吹得金钱豹心头烦恼，他一会儿上树，一会儿下地，不安定得很。

大灰狼不识时务，还要问他："喂，你看到了'宝'没有？"他自己没上树的本领，嫉妒他；又怕他上树看到了宝，捷足先得，仇视他；更见他上来下去，白白地忙一阵子，嘲笑他。

金钱豹不是好惹的，作为长辈的老虎训他，他也不买账。区区大灰狼根本不放在眼里。他想到狼是"铜头、铁脖、麻秆腰"，腰是经不起咬的；又想到那句老话，"先下手为强"，便在枝权上一纵身，猛的扑在大灰狼的背上，想咬断他的腰。

大灰狼眼快，看到一个黑影从天而降，躲避不及，急忙用尽全身之力，翻过身来，张口龇牙便咬，金钱豹的一节尾巴给咬断了，自己的一只耳朵也给撕下了。

两个都是血淋淋的，谁也不肯罢休，只是跑了三天三夜的路，累得够呛，都想吃掉对方，可都力不从心了。相反的，由于疼痛难熬，寻宝的劲儿也没了；一个断了尾巴，觉得很不体面，从大道旁的树丛中隐身走了；一个不仅少了一只耳朵，连头皮也给抓破了，狼狈得不成样子，当然无心寻宝了。

老虎和狮子都觉察同去寻宝的愈来愈少，一方面高兴，竞争的对手少了，得宝的希望大了，一方面也渐渐感到疲倦，把崽仔放了下来，减轻负担。都怀着私心，害怕对方得宝，自己落空。一路上你追我赶。也由于互相猜忌，表现得很不友好，很不礼貌。

狮子忍不住先开腔了，他问老虎："你为什么老要抢在我的前面？"

"这个要问你，"老虎很不客气地回答，"你心里有数！"

狮子给老虎问到疼处，火了："你是老几？可以跑在我前头！"

老虎回答："我既不是老二，当然也不是老三，为什么就不能跑在你前面？"

狮子怒气冲冲地说："我，我是百兽之王！"

老虎喉咙卡住了，一时说不出话来。

雌老虎却厉害，打横里大声插嘴说："他，他是山大王！"

狮子目瞪口呆，嘟嘟囔囔地回头冲着母狮："你这个笨蛋！"

老虎聪明起来："就算你是'百兽之王'，可会飞的小麻雀你就管不着！再说我会游泳，你呢？"

狮子听了，肺都气炸了，痛苦地想："这明明是耻笑我本领不如他！……"

母狮这回也开口了，"你，难道是闷葫芦，发不出威来了？"

狮子猛然给提醒了，在万分疲倦中抖擞精神，拉开嗓门，怒吼了一声。

树叶随声纷纷从枝头上落了下来，远处的群山也传来了怒吼的回声。

老虎并不害怕，摆一摆额上有"王"字斑纹的大头，甩一甩黑色环纹的长尾巴，照样奉陪，还了一声长啸。

脱尽了树叶的枝头，瑟瑟发抖，远处群山也回了一声愤怒的长啸。

形势非常紧张，两个霸头要动武了！

他们回头瞧了一眼，看看自己的崽仔是不是处于安全地带。不瞧犹可，一瞧大出意外！从他们背上下来的两只小狮和两只小虎，正彼此非常友爱地互相偎依着，搂抱着，还兴致勃勃地追来逐去地嬉戏着，在路旁的草地上拍打着、翻滚着。

两个恶声相向的大家伙，本来剑拔弩张地要厮打，现在却都愣住了，惭愧得低下头来，满腔怒气也像皮球泄了气，都掉转头来走了。

天哪！总算避免了一场恶斗。但是他们唯利是图的心不死，还有机会在旁的地方大打出手的。

现在，这条寻宝的大道上，没有什么"热闹"可看了，能够看到的只有在一瘸一拐走路的双峰骆驼。

它原来是一头长相雄伟的骆驼。虽然头小，可颈长，身躯也大。他披着淡棕色棉大衣，眼睛重睑，鼻孔不时开闭，四条细长的腿，脚底长着肉垫，走路轻松，没有声音，经常背起堆积如山的重东西，耐饥耐渴地在长着一丛丛红柳，一束束白茨，一棵棵札嘎树，一蓬蓬骆驼刺的茫茫沙漠里走，像一艘游艇，航行在黄沙滚滚的潮海之中。它在禽兽国里，是个非常出色的"马拉松"长跑家，人们称赞它是条"沙漠之舟"。可是他很谦虚，从不大喊大叫，只是默默地走着。

骆驼刚从五百公里外的沙定堡上干完了一桩艰巨辛苦的工作回来，正需要休息，但从饶舌的鹦鹉那里听到"寻宝"的消息。觉得自己反正也是闲着，不妨走动走动，如果能够寻到宝，对大家都有好处。这样想着就不顾劳累站起来一瘸一拐地走了。

"咦？"鹦鹉觉得奇怪，"你怎么变成跛子啦？"

"我哪能不跛？我瘸了一条腿了！"

"你说说看，这是怎么一回事？"鹦鹉不但爱探听人家私事，而且爱打破沙锅问到底。

"我一瘸一拐地走不快，你请慢慢飞，好让我们一边走，一边谈，好吗？"

"事情是这样的，"一瘸一拐的骆驼讲开了，"去年冬天，一个旅客有十万火急的事，要越过那'塔克拉玛干'大沙漠。这名字很古怪，那是维吾尔族语，意思是：'你进去了，就出不来。'但是我已经三次进出过这个鬼地方。这位旅客长得很胖，虽然只有半百之年，可眉毛、胡子全都灰白了。走不上一公里，就腰酸腿软，喘得上气不接下气。但是他携带的东西却很多：皮箱四只，竹笼两个，大小布包五个，铺盖一卷，木桶一对，铁锅一口，罐头食品二十听，再加上他自己的体重二百二十二磅，即使让象大哥来，怕也未必担负得起……"

"这个旅客长得这么胖，带的东西这么多，是个好人吗？"鹦鹉有点儿愤愤不平，"交通车能让他搭吗？"

"问题还不在交通车能搭不能搭。而是当晚有暴风雪，交通车根本不能开。这个胖子，急得头上直冒汗，愁眉苦脸地转向我求援，说非要当晚动身，天明前赶到不可——"

"你不要睬他！"鹦鹉盛气凌人地说。

"不能这么说嘛，助人为乐——"

"那么，你答应了？"鹦鹉大出意外。

骆驼昂起头点了一下，"我同意了！驮上了他所有的瓶瓶罐罐，还让他跨在我那两个肉峰中间，就在暮色苍茫的傍晚，向大沙漠进发了。"

"哼，你这个大傻瓜！"鹦鹉轻蔑地说。

骆驼暗自忖着："是我傻？还是你蠢？"但他还是友好地、娓娓动听地讲下去："黄昏的太阳，沉落在远山背后，顿时觉得冷了，胖子在我背上哆嗦，幸好倒是个月明星稀的良夜，我赶路的腿脚十分利索。忽然，星月无光，天昏地黑，起风了。胖子紧紧抱住我的前峰。狂风刮起来的沙子，在空中团团转着旋儿，直打在我脸上、身上，麻辣辣地，像针扎一样疼痛。我斜着身子，咬紧牙关，使劲顶着风沙向前走——"

鹦鹉没有一点儿同情心，反而说："这是你自作自受啊！"

"我只是想：'受人之托，忠人之事'，不论怎么样的艰难困苦，总得把这位客人安全地驮到目的地，一件东西也不能少。"

鹦鹉听到这儿，有点儿感动了："'好汉不吃眼前亏'，明知夜渡大沙漠，困苦、危险万分，就不该接受这种与己不利的事情！"

"刚到红柳丛林的边上，胖子受不了颠簸，翻倒在沙梁上，滚进芨芨草丛里。我急忙在他身旁趴下来，掩护着他。风逐渐小了，可是大雪纷纷扬扬地飘下来，有的化水结成冰屑一片片地落到我身上，我咬紧牙关熬着，直到天亮。客人依靠我的体温，没被冻死，还被安然无恙地送到了目的地。他当然十分高兴，可我的一条腿就这样给冻坏了！……"

"怪不得你一瘸一拐的了！"鹦鹉这才露出几分怜惜的口吻，"今后你要接受教训，学乖些啊！"

骆驼听了，自言自语地说："我来到这个世界上，就是干这个活的，我没错。"

鹦鹉瞧着骆驼一瘸一拐地默默走着，心里又不自在了："我和这个瘸子一同寻宝去，有什么滋味？旁人看了又将怎样说呢？"

于是，她展开赤、黄、绿色的彩羽，头也不回地飞走了。

骆驼松了一口气："外表穿得漂亮，里头长的什么心！"

鹦鹉正在寻找果林，却听得"笃！笃！笃！"的声音，定睛看时，啄木鸟用她楔形的硬尾巴，把自己支架在树干上，仿佛纺织厂里的女工，身体一前一后不停地工作。于是，她又来饶舌了："朋友，辛苦了。歇歇吧，一会儿咱俩一同寻宝去。"

"寻宝？"啄木鸟没工夫理会他，正吐出细长的、有短钩的舌尖，从树缝中捉出一个奸细。"我的宝就在这里头呢！"

"呀，看不出你还是个医生，这才配做我寻宝的伴侣呢！如果旅途上我害了病，有个随身的私人医生，那该多好！"

啄木鸟十分冷淡地说："你去寻你的宝贝，我看护我的森林。"

鹦鹉碰了一鼻子灰，才觉得还是骆驼脾气好，可是又嫌他丑陋，不愿意回头再去找他了。

骆驼一路前去，看到一个个走回头路的野兽，可是他并不灰心，相信勤奋刻苦是有希望寻到宝的。

骆驼踽踽独行，行一程来又一程，路越来越狭窄，道越来越不平坦，走了好几里坑坑洼洼的路，来到了冷水滩。

滩很窄，两旁都是冷水，滩上散满卵石，骆驼本来是不在乎这些的，不过现在瘸了一条腿，走起来要麻烦一些，但是他意志坚强，还是一步一步地向前走。

冷水滩过后，到了冰凌湖。湖水虽浅，可得蹚过去，只是冷得钻心疼，那些冰凌打着脚踝骨，疼得更厉害。他鼓足勇气，使劲一步一步地向前走。

好容易涉过了冰凌湖，就要穿走热风洞了。说是"洞"，倒有好几公里长，洞里头黑黑的，什么也看不见。一阵热风，像一条干燥带刺的舌头，狠狠地舔着脸颊、身体、腿脚，除了膝盖部分舒服些，浑身上下热得难受。骆驼本来冷得够呛，闯进洞，又热得像火烧一样，全身蒸发着汗水，胃里空了，驼峰瘪了，但，这一切，都挡不住骆驼前进的信心，减弱不了他做好事的勇气。

骆驼过了热风洞，接着就要过夹扁谷。这谷是在两座对峙的高山中间，窄得只容许一匹瘦马能挤过去，山高得连大鹏鸟也飞越不过，四周又别无他路可通。尽管现在骆驼消瘦得多了，但要通过这个险要的夹扁谷，非得头皮破、肩骨伤、腿脚流血不可。好在他通过热风洞的时候，那条冻坏了的腿，受到热风的烘烤，血管畅通了，关节活络了，完全恢复了健康。他以最大的耐性，强行穿走这有两里长的夹扁谷，边挤边走，四个钟点之后，才气喘吁吁地挤出了谷。他几乎站不起来，要累倒了。

骆驼胜利地穿过了夹扁谷，抬头一望，前面又是一个什么关，他着实吃惊不小，"怎么办呢？已经闯过了滩、湖、洞、谷，冷冷热热，现在还要挺着遍体鳞伤的身子过关！"

当他艰难地走近关前，看到在用彩色花砖砌起的整齐、美观的拱形的关门上面，赫然题着三个龙飞凤舞般的斗大的字："珍宝关"。

骆驼惊喜了："哈，宝原来在这儿啊！"

他一进关，清风徐来，闻到了一阵阵泥土的温馨，以及花的芬芳。这股香味儿很浓、很特别，混合着玫瑰、茉莉、玉兰，还有桂花、腊梅的香。走出关口，豁然开朗，看到了他平生没有看到过的一片好风光——草坪绿得可爱，像铺上了用纯羊毛织出的最精致的绿毯子。草坪后面，是花团锦簇的花坞，春夏秋冬四季的花都在开放，真正的"百花齐放"啊！花坞前面是一道清溪，它淙淙潺潺地唱着欢乐的歌，像个干净的可爱的孩子，嬉笑着扑到母亲的怀里，流进了一个水波粼粼，银光闪闪的宽广的湖。湖面的尽头是隐隐的青山，峰峦起伏，像座翡翠的绿屏风。屏风上，点缀着无数红花，老远望过去，又像一张"万绿丛中点点红"的风景画……

骆驼趴在草坪上，边歇息，边尽情地享受自然界的美。他忘记了疼、忘记了渴，也忘记了饿，忘记了踏上寻宝大道以来的辛苦和劳累。过了一会儿就站起来，在小溪里大口大口地喝水，在花坞里吃了点杂草，觉得精神好了，缓步回到草坪上，又趴下来闭目养神，舒畅地梦游起来——

忽然"哗啦！"一声，湖水涌起两三尺高的一股水柱，比趵突泉还高，还亮，旋转着，旋转着，忽然变成了一顶白色的珠罗纱帐，从帐里面走出了一位仙女，长得十分标致，姗姗地走过来，像一朵轻盈地腾过来的朝霞。

仙女微笑着："远方来的好骆驼，你是来寻宝的吗？"

骆驼急忙点点头："正是。但是，我还够不上说是一峰'好骆驼'。我还没有越过撒哈拉大沙漠呢！"

"你对自己要求得那么严格！"仙女边说着，边从怀里端出一个光彩夺目的火柴盒般的东西，摆弄了一会儿，说声："变！"马上变得有小箱子那么大了，是一口金色的镶嵌着螺钿花纹的珍宝盒，从中取出一串粒粒比黄豆还大的珍珠。"这个宝，奖给你！"

"这宝能做什么用？"

"挂在脖子上当做项链用，漂亮啊！"

"我已经有了驼铃了，这个装饰品可用不上。"

"那么，这块雕着你的像的金牌可行？——它不只奖赏你能到此地来寻宝，还表彰你长期以来在沙漠里驮人驮货，维持东西方交通的功劳。"

"不行！这东西只奖赏了我个人，可我在沙漠里赶路，也得到大家的帮助啊！我想我也不能要。"

"那么，这颗重五百克拉的大金刚钻好不好？——你夜间赶路用得上它。"

"有一丁点儿用。但也并不太好，它只能让我独个儿用，不如一盏灯笼，或者一盏玻璃罩子的油灯，光照三丈，皆大欢喜。"

仙女接着拿出翡翠、玛瑙、琥珀、水晶、珊瑚、夜光璧、绿宝石和猫儿眼……可是骆驼对这些很值钱的东西，都看不上眼，不是说"不合用"，便是说"对大家没有多大好处"，便很有礼貌地一件又一件地都谢绝了。

仙女没有生气，反而笑吟吟的，觉得这峰骆驼更加可爱了，就

带笑问："那么，你究竟要寻什么样的宝呢？"

骆驼慢悠悠地站起来，睁大了重睑的眼睛，向四面八方望了望，就说："这地方实在太美了！要是有个宝，能把我们居住的沙漠变成这个样子，那该多好！"

仙女笑了笑，用银铃般的声音说："好呀，好呀，你真正寻到了'宝'了——思想的宝！"她走近一步，爱抚地摸摸骆驼的头和颈，拍拍他的两个肉峰，热情地说："远方的客人，我支持你，你的愿望不会落空的。"说着，身子一步步地往后退，刹那间，不见了。

骆驼实在困倦了，不知不觉地在软绵绵、绿茵茵的草坪上趴下来，只一会儿，便沉沉入睡了，睡得很香、很甜……

骆驼蒙蒙眬眬地觉得那位神秘的仙女又从湖面上飘然来到他的身旁。"远方的客人啊，你就在这儿安家落户吧。这地方不错，我们非常欢迎像你这样思想好、品德好的居民。这可能也是你的愿望吧？"

"不，不，我可没有这样想。如果我到这儿寻'宝'，就在这儿享福，那就是寻到了宝，扔掉了吃苦耐劳的、改造建设家乡的志气，等于'得宝失宝'。这个我不干！"

仙女是再一次试探试探骆驼的，听了这话，脸上笑出了两个浅浅的窝儿。"亲爱的远方客人，你想回去是下定了决心？"

"是的，回去！要回我的故乡去。尽管那里生活艰苦些，可是我还是爱着它。它会好起来的。"

"我相信您的话。您的故乡有像您这样热情、爱家乡、正直无私的好公民，今天的沙漠，明天就会是万紫千红的美丽、富饶的好地方。"仙女尊敬骆驼，把"你"改称"您"了。"好吧，您喜欢的'宝'，都在这篮子里了。路远，我送您一程。"

骆驼正要说："谢谢！别送了……"话还没说出口，呀！奇怪的

事情突然发生了。在他四条长腿下面的肉垫下，忽然升起了云层，身体给托起在空中。骆驼眯上了眼睛，耳边响起呼呼的风声。忽然，他觉得身子一沉，原来，他已经安全地、平稳地降落在戈壁滩南面的一个绿洲上了。

骆驼喜悦地自慰着："我回来了，这儿是我的家乡。仙姑啊，我感谢你！"

披着蓝黑开衩大衣、穿着雪白毛绒衬衫的燕子，在南飞的路上，无意间望到了骆驼，但见他长颈上系着红绸巾，两座驼峰中间，搁着晶亮透明的、玲珑精致的、用细竹编结的篮子，不知是他要找到的宝，还是仙女赠送他的"礼物"。

燕子动了好奇心，倒要看看骆驼究竟寻到了什么"宝"。他回环来往地低飞在驼峰上空，看了又看，大为惊异：在篮子里面放着的只不过是一些保水源、耐盐碱的胡杨，沙地造林的沙枣，耐旱、耐碱、耐寒的罗布麻，以及沙芦草、芨芨草和梭梭草、骆驼刺的种子。他不懂了："嘘！这算什么宝？骆驼毕竟是个大傻瓜！"

大家说燕子春来秋去，像天使般的聪明。果然，他转念一想，便醒悟过来了。"呀，原来如此！好嘛，好得很啊！"他记得早晨读过的《科技光明报》，头版头条新闻就这样登载着的：

> 火焰山南麓十五公里处新出现一片九千九百平方公里的绿洲，这片美丽的前沿，是由各种固沙植物组成的绿色屏风，原来的不毛之地，开辟出梨园、苹果园、葡萄园和枸杞园。垦出了大片农田，种出了瓜果、棉花、油料作物。昨天"热风吹沙草不生"的苦地方，今天已变成"飞鸟不远千里来"的乐园了。

寻宝灰了心的鹦鹉，途中觅食，飞近火焰山的边缘，几乎和燕子碰了头。

"喂，老兄，那儿热气腾腾的就是火焰山吗？"

"怎么不是！"燕子追问了一句："你是想回南美洲去？"

"家里有孩子，怎么不挂记！没寻到宝，空手而回，心里纳闷，道路也迷失了。记得这里原来是片沙漠，怎么变成绿洲了？"

"你没有迷路，你的记忆力也很不错。不过，这儿的确变了样了——你瞧！"

鹦鹉急忙向前攀住了桦树枝，朝燕子指着的方向望去，吃惊地叫了起来："啊，骆驼？这个傻瓜怎么不瘸腿了？他急急忙忙地上哪儿去？"

燕子没接碴儿，只赞叹着："好骆驼，他寻到宝了，不过不是为自己养尊处优的宝，而是为大家谋福利的宝。你认为'为他人作嫁衣裳'的，是傻瓜吗？要没有'前人种树后人乘凉'的为人民服务的精神，吐鲁番那儿就不会有坎儿井，你也就别想在火焰山近旁吃到哈密瓜了。"

鹦鹉也不是一个笨伯，她听出燕子话里的弦外之音来了，却又不太相信，就又结结巴巴地问："那……么，骆驼……果真寻……寻到宝了？"

"是的，他寻到了真正的无价之宝！"

"请说说是什么样的宝？"鹦鹉羡慕得要死，马上又添了一句："难道是《天方夜谭》里苏丹皇冠上的那颗夜明珠？"

"哈，你太小看他了！"燕子鄙夷地说，"世界上什么样的人，他寻什么样的宝。骆驼寻到的是变沙漠为绿洲的宝！"

"哟！"鹦鹉惊愕、惭愧，嘶哑地叫了一声，说不出话来了。自尊心很强的她，脸蛋涨红了，几乎要在燕子面前哭出来。好一会儿，才拍拍翅膀，没趣地飞走了。

这时候，骆驼和他的同伴们，正越过一道长长的沙梁……

小火车头

一　诞生在节日的前夜

——呜呜，呜！呜呜，呜！

四月三十日下午四时三十分钟，有一家机车制造厂，放起汽笛来。

这一声不太短、也不太长的汽笛，整整地响了六十秒钟。

如果你说一分钟，也对，证明你的算术程度还不坏。

五点钟没到，还不是工厂下班的时候，干吗要放汽笛呢？

别忙，听我说个明白，你就懂得了。这是一个挺有趣的故事。

这一家机车制造厂，去年劳动节得过"集体红旗奖"。

今年按照计划在四个月内应该制造出五个火车头。可是工人们真带劲，另外赶造了一个小火车头，作为增产，向"五一"国际劳动节献礼。

放汽笛，没别的，就是庆祝超额完成任务。

这个小火车头，特别在他头上面装了一口铜钟，像戴了一顶会响的小帽子，开动起来，"丁零！当啷！"真好听。

一个年轻的工人，转动着肌肉结实的胳膊，把最后的一颗螺丝帽拧上了，拧得紧紧的。

他笑着说："瞧吧，这个漂亮的小家伙，将来会成为模范火车头的！"

第二天——五月一日大清早，作为献礼的这一个火车头，披上红绸，挂着花环，全身堆满了鲜花，"丁零！当啷"地带头开到车库里去。其余的五个，像一小队学生似的，也跟着开进去。

车库里，已经停着不少的火车头，如今又来了六个，所以更加热闹起来。

十点钟的时候，市中心广场上放着礼炮，"砰！砰！砰！……"地响得厉害。这位炮手准是一位老战士，发炮的技术好得很。

但是车库里静悄悄的，连轻轻的咳嗽声音也没有，并不是因为他们的身体都是钢铁打成的，而是在休息时间不愿打扰人家。

现在，一支百万工人参加的游行队伍，浩浩荡荡地从市内走向市郊，老远就可以听到喇叭和铜鼓的声音，还可以听到"五星红旗迎风飘扬，胜利歌声多么响亮……"的歌声，红旗大队擎着一千面红旗，被风吹得"呼啦！呼啦！"直响。整齐的步伐声，响亮的口号声，走近来了！走近来了！声音越来越清楚，也越来越响了。

这样伟大的节日，热闹的游行，使得车库里的火车头们再也忍耐不住，他们要开口说话了！

那么，让他们说吧！

第一个开口的，是个年龄最大的老火车头。他这一生经过了好几次战争，曾经被敌人的子弹擦破了头皮，也曾经给敌人的炮弹片打伤过腰眼。可是他很勇敢，把子弹，把粮食，把药品，一次又一次地输送到前线附近的地方。的确，他是个挺勇敢坚强的老战士。

"我活了这么一大把年纪，现在才算真正看到了幸福的日子！"

小火车头听了就不服气。不过，他今天还是第一次来到这个陌

生的地方，什么都不熟悉，想要开腔，却又不敢，只白了白眼睛，嘀咕了两句："倚老卖老，倚老卖老！"声音低得连自己也几乎听不到。

那个肩头上插着红旗的火车头开口了。

"日子会一天比一天更幸福呢！今年我跑过的那些地方：去年山上光秃秃的，今年满山种上树了。去年河道又狭又浅，小轮船和大帆船挤得透不过气来，今年河面开阔、开深了，那些船都自由自在地在河里游泳，——哦，说错了，不是游泳，是航行，她们和我们一样忙忙碌碌，向各地运送货物……"

脸孔黑得发亮的火车头插嘴说："可不是！去年还有一些田地荒着的，今年全种上麦子了。去年那儿还是一个小镇，今年工厂造起来了，烟囱里冒着烟，机器转动啦。成千上万个工人在厂里做工，小镇已经热闹起来，将来准会变成一个大城市。"

那个挂着红星奖章的火车头说："老兄可说得对。我也走过这个小镇，去年晚上黑漆漆的一片，可是今年装了电灯，半夜里路灯还亮着，像一只只雪亮的眼睛，看我飞快地跑过去，对我眨眨眼睛，笑着呢！——呵呵！——呵呵！"

小火车头听得很高兴，"哈，说得有意思！"忍不住问左边的火车头："朋友，刚才说话的那个是谁？"

左边的火车头板着脸不回答。

他就转过头去问右边的火车头。

"我……我和你一样是新……新来的，你……你不知道他……他是谁，我……我怎么知道他……他是谁？"这个新来的火车头不是口吃，是胆怯，还有一点害臊，所以说话结结巴巴的，像害了气喘病。

小火车头是火暴性子，听他这么"你你，我我，他他"的，连话也说不清楚，又没把问题回答出来，早就生气了。他不喜欢这样结结巴巴的，正要不客气地发脾气的时候，却又听得另外一个火车头在说话了。

这个火车头是一个大嗓子，可惜有点儿哑，不然，说话一定很响亮，很清楚，可以当个漂亮的演说家。

"好吧，现在也让我来谈一下吧。去年我跑了一整年，只看见了一条水闸，只有十二个孔；可是说也不相信，今年只跑了三个月，就看见了三条，而且其中有一条是七十二个孔的水闸。听说这些水闸是水的司令员，本领挺大。水太大了，它会把水拦住，关到一个叫做'蓄水库'的地方去；水太小了，田地觉得口渴，要喝大量的水时，它又会把水放出来。有它在那儿把关，既不会有水灾，也不会有旱灾，年年保证丰收，人们的生活自然一天比一天过得更好了。"

另外一个小嗓子的火车头，小声小气地说："刚才大嗓子同志说的话都是真话，我可以作证。不过他还没说完全，我来补充几句——就在那条大水闸上，还盖了房子，装置机器，就叫做水力发电站。它有发电的本领。有一个星月无光的深夜，当我正在那里赶路时，老远就望见站上的那一列辉煌的灯，像天上的星星被摘下来排着队悬挂在那里，真漂亮哪！"

"呸，这两个蠢货！"小火车头这一下子可真忍耐不住了，"算了吧，这哪里是水闸的本领，这是人类的劳动创造！连这一点常识也没有，却要冒充老资格的旅行家呢。"

小火车头究竟是新来的，他还不敢顶撞他们，所以说得那么轻，谁也没听到。

其实，他并不发脾气，心里头倒是高高兴兴的。他想：我将来也要出去跑跑看看啦。我也喜欢旅行。

游行的队伍过去了，车库外头渐渐地静了下来。车库里头的火车头谁也不愿多说话，车库里头也渐渐地静了下来。

二 一个漂亮的好小伙子

小火车头喜欢活动，一刻儿也安静不了。他在车库里待了大半天，看看天色已晚，真是闷得发慌。

起初，他东看看，西看看，觉得这个地方挺大，住着十几个朋友，一点儿不觉得挤。墙上还整整齐齐地贴着标语："保持清洁"，"请勿吸烟"，"爱护车头"，"安全第一"……可惜小火车头字识得不多，不能完全读出来。地上交叉着弯弯曲曲的铁路，像蜘蛛结的网一般。可是后来这些东西看腻了，就换个花样儿，数着铺在地上的铁轨和枕木：一、二、三、四、五……一、二、三、四、五，数来数去，老是这么个数字，也数得乏味了。其他的火车头：有的静息着，有的正在闭目养神，有的午睡还没有醒；他呢，连眼睛也不愿意眨一下。

突然，头顶上的灯亮起来了。

这突如其来的、几十盏灯同时亮起来的强烈的光，使小火车头不由得大吃一惊，禁不住"嘟嘟——"的一声叫出来。

于是大家全被闹醒过来。

火车头们很不高兴被人打扰睡眠和休息，认为这是个恶作剧！

"什么事值得这样大惊小怪？谁在这里乱叫乱喊？"那个大嗓子火车头发出嘶哑的声音，气势汹汹地问。

小火车头不做声，心怦怦地跳着。

接着那个小嗓子火车头也抱怨着："今天是节日，又恰好是大家轮班休息的日子，谁在公共地方不守纪律，大声吵闹，他仿佛没有上过学校、受过教育的野孩子——他在做着可怕的噩梦吧。"

小火车头自言自语着："呸！你们这两个蠢货，叫喊的是我！不过我不是故意的。"

老火车头慢吞吞地说："这一定是今天新来的没有经验的那些小家伙们干的事！"

"你说得对，就是他们中的一个！"那个肩头上插着红旗的火车头说。

这么一说，吓坏了那个胆小的火车头，他不得不开口声明，却又是结结巴巴地："我……我没有叫过。我……我知道……这……这是靠在我……我左边的那个……那个小火车头！"

那个脸孔又黑又亮的火车头，大家都喊他做黑龙的，他疑惑地说："不知道他为什么要叫喊？"

这个，大家都猜不出来，只有小火车头自己知道。

小火车头想：说吧，我就说吧，这又不是犯了什么错误，我为什么要不说呢？于是他理直气壮地大声说："我没做噩梦。我没不守纪律。我也不是一个野孩子。我是一个男孩子。只因为头顶上的灯突然亮起来，我不由得吃惊地叫喊了。就是这么一点儿，再没有别的了。"

他的话才说完，笑声像揭开了盖的沸腾的大水锅——哈哈！哈！嘻嘻！嘻！呵呵！呵！嗤嗤！嗤！嘿嘿！嘿！……

笑得小火车头心里真难受，想找个地方遮一遮羞，躲一躲，可是灯照得这么亮，连地上一根针也看得清清楚楚。他躲不了。

只有老火车头没有笑。

他等大家停止了笑，才像老长辈似的严肃地说："诸位，请别笑了，这没有什么好笑的，到了明天晚上，灯突然地再亮起来，他就有了经验，不会再叫喊起来了……"

他说话有点吃力，停了一下，又说："不论哪一个，也许都有过

65

第一次缺乏经验的好笑的事情。我倒觉得他很灵敏，又很勇敢，为什么其他新来的不叫，只有他叫起来呢？而且他还敢挺身出来承认，这就是漂亮的好小伙子！要是他能够好好地学习，说不定将来是个模范火车头呢。"

老火车头这么一说，大家马上静了下来。

小火车头自己觉得很惭愧，也很后悔，刚才不应该暗地里骂他："倚老卖老！倚老卖老！"这倒是真的犯了错误了。

车库静了好一会儿，只有亮晃晃的灯光照耀着。

现在，老火车头很温和地问小火车头："你叫什么名字？你上这儿来干什么的？"

小火车头觉得这两个问题，都是难题目。他额角上淌着汗水，虚心地回答说："老大哥！我吗，一出世，就喜欢'嘟嘟，嘟嘟……'地叫，所以大家就把我叫做'嘟嘟'，这就是我的名字了。至于我为什么要上这儿来，来这儿干什么，我都还搞不清楚，请你教导吧。"

老火车头点一点头，向前又向后摆动了一下身体，随后又是慢吞吞地开口说："没关系，好小伙子，如果你能够认真学习，会有进步的。现在新社会里新鲜的事物愈来愈多，等你到我这么大的年纪，知道的事情会比我更多。"

其他新来的五个小火车头，也都认真地听着。

"我要对你们说：学习是重要的，遵守纪律也是重要的。要不，学习得再好一些，也是白搭。我们火车头，随时随地在轨道上跑，在轨道上停，没有一个到处乱跑的。谁要是越出轨道，那就会闯祸——闯大祸哩！"

忽然那个佩着红缎带扎成彩球的火车头打横里插嘴："这位老同志说的是好话。你们要是不学好本领，当然不能干活；要是不遵守纪律，学好了本领，对于工作也没有好处。一个本领好，品德不好的人，是个最会干坏事的人！"

小火车头心里也在这么想："这些话的确是好话。不过，随时随地都要在轨道上跑，在轨道上停，不能上旁的地方去，那未免有点儿扫兴，太不自由啦！依我想来：离开轨道一分钟，哦，只离开一分钟，一定不会出什么事故的……"

老火车头原是一个健谈的老头儿，爱摆"龙门阵"，他又慢吞吞地继续说下去。

"如果谁要当个模范火车头，首先要品德好，其次还要本领好，考及格'满载、超轴、五百公里'的功课，这样才是个光荣的出色的火车头。今天，在这个伟大节日的晚上，要我祝贺你们！"

小火车头一边用心听着，一边反复地默念着：

"满载、超轴、五百公里……满载、超轴、五百公里……"

但是他尽管念得烂熟，却毫不知道这是什么意思。刚想把这个问题提出来问个明白，不料小嗓子火车头已经笑嘻嘻地又在小声小气地抢先说了：

"老同志，你自己也得到了这个光荣的纪录！"

老火车头笑了，脸上浮起着许多皱纹，一边回忆着，一边又慢吞吞地说："我吗？我虽然考及格了，但是成绩并不太好。这儿两位'七一号'和'八一号'，就胜过我多了。他们一个拖拉五十七节车皮，一个拖拉五十五节车皮，而我呢，只拖了五十二节车皮，嗨嗨！"

"想想看，五十二节车皮！也很不错了！"大嗓子火车头也插嘴说，"你年纪那么大了，能够拖着装得高高的、堆得满满的五十二节车皮，一天跑上五百公里，可以说是顶呱呱的了。"

"但是我不能自满，也不能'倚老卖老'呀！嗨嗨！"老火车头带笑说着。

小火车头心头突地一跳，觉得非常惭愧，额角上又淌着汗水。但是只有一会儿，他又高兴起来，因为现在他已经懂得什么叫做"满载、超轴、五百公里"的意思了。

他打定主意，创造个新纪录。"好吧，反正我要来个超轴拖着六十节车皮，一天跑五百公里，不，跑六百公里吧！不论怎么样装得又高又满，我都拉得动呢！"

"你说，这个骄傲的小家伙，他也能得到'劳动模范'的光荣称号吗？"肩头插着红旗的"八一号"问着老火车头。

"可不是！如果他遵守纪律，好好学习，也一定能够的，我已经祝贺过他们了。明天让我们欢送他们上'火车学校'去吧。"

小火车头听说他们还要上"火车学校"去学习，一半儿高兴，一半儿害怕。高兴的是又可以去看看新的世界，长进一点见识，老待在车库里够烦闷的；害怕的是火车学校不知是怎么样的，老师和气不和气，会不会打人，罚立壁角，关黑房间……

他心里很不安宁。

这天夜里，他一直睡不着觉，只听得从老远地方传来歌声、乐声、鼓掌声、欢呼声，那是司机、助手（副司机）、司炉、站长、列车长、列车员以及其他铁路工作人员，正在举行"国际劳动节庆祝晚会"。

俗话说得好："锣鼓响，脚底痒"。

小火车头脚底痒痒的，可惜车库的铁门早关上了，他跑不出去，只好等待天亮。其实等不到天亮，自鸣钟敲着三点钟，他就一边打呵欠，一边睡着了，并且做了一个上学校去的梦：也甜蜜，也害怕，一会儿在梦里笑出来，一会儿又在梦里叫出来。

三 在火车学校里学习

小火车头在梦里听见"喔喔喔"的声音，迷迷糊糊地醒过来，睁开眼睛，不大高兴地说："谁在这样稀奇古怪地叫？火车头是不应该这样子叫的！"

"喔喔喔！喔喔喔！"

公鸡还在老远的地方啼着。

"呸！这个蠢货，还是那样子叫！——我得教导你，应该呜呜——呜呜——地叫。——可是我自己也不喜欢这么样地叫……"

小火车头的话还没有说完，"砰"的一声，车库的大铁门打开了，跑进三个人来：走在前面的一个是年老的司机，背有点儿驼，头发也白了，可是精神挺好；走在中间的一个是年轻的助手，模样儿长得挺端正，走起路来脚步很爽快；走在后面的一个是司炉，中年人，长得胖胖的，但是很结实，头发梳得很整齐，发亮，像抹过了油，可是胡髭很长，大概工作忙，没来得及刮吧。

小火车头立刻想到要上"火车学校"去的事，也就不再自言自语了，瞪大了眼睛，好奇地瞧着他们。

这三个陌生人，老是在新来的六个火车头身旁，走来走去的，看看他们的头，看看他们的脚，还摸摸他们的身体，仿佛很关心他们的样子。

小火车头想："呸！这三个蠢货，来干什么的？"

最后，他们先后都站到小火车头的前面，向他端详了好一会儿。

司机说："这个小家伙长得不差！看来挺结实的。"

助手接嘴说："哦，是一个漂亮的小伙子呢！"

司炉也说："那么让他带头走吧。"

69

"好的。"司机点点头。

于是小火车头在前面,"丁零!当啷"地开动起来,其余的五个跟在后面,一块儿上"火车学校"去了。

这所学校的校长,就是这个老司机,他的名字叫做老张,是一个非常和善、非常有经验的好老师。

他常常告诉新来的火车头:"你们记着,你们不能生气,如果谁一生气,拖着列车走起来,客车里旅客们的茶杯就会翻倒,餐车里的肉丝蛋汤也会泼出来,这就不算是个好火车头了。"

他说得挺和气,所以火车头们都肯听他的话。

那个年轻的助手和胖个儿的司炉,也都是非常能干的教师,他们帮助老司机教导火车头们:怎样地开动;怎样地在铁路上开过去时发出"克列塔"、"克列塔"的声音;怎样地转弯时放慢脚步,并且呜呜——地叫出来;怎样地过桥;怎样地穿进和穿出隧道;怎样地昂起了头,眼睛望着前面,在铁路上快跑;在铁路上快跑的时候,怎样地记得这一列车挂上了多少节卧车和餐车,还要时时刻刻留神最后一节列车长的车;怎样地刹车,要稳稳当当地停靠在轨道上。

火车学校里的功课很多,其中最重要的两门就是:"随时随地要上轨道走,要在轨道上停"以及"看见绿旗或者绿灯就要开步,看见红旗或者红灯就要停步"。

火车学校里考试很严格,除非每门功课都考一百分,否则永远不能算是个好火车头。但是有几个火车头虽然考及格了,毕业了,出去工作,还不时回到学校里来补课,热心地希望通过"满载、超轴、五百公里"的考试,成为光荣的模范火车头。

这个学校已经开办了八个年头,教导过九百九十四个火车头,把这六个火车头也计算在内,恰恰是一千个。

司机、助手、司炉,都有这个愿望:"我们要越教越好,教出更好的火车头来。"

老司机望着小火车头，看看他挺结实的身体，头上的铜钟，"认真地教他，可能把他教成最好的一个！"禁不住伸出手来轻轻地拍拍他，还摸摸他。

小火车头很不高兴，嘴里不说，心里在想：你要把我怎么样呢？别看我年纪小，哼！虽然我不是一个野孩子，但是是个淘气的男孩子！可不好惹呢。

四　第一门功课——打招呼

当！当！……钟声响了，八点钟，开始上课了。

第一门功课是"打招呼"。

老司机亲自来教授。这门功课虽然很容易学，却是一门不太好教的功课。如果火车头不会叫喊，就常常会闹乱子。

很好，这些个火车头都会发声，没有一个是哑巴，而且都能够"呜呜……"地叫，叫得也很响，也很准确。

只有小火车头，虽然叫得也很响，却不准确。

他不是"呜呜……"地叫，而是"嘟嘟……"地叫。老张说："不对，你得改正。你听——'呜呜……'会吗？"

可是小火车头"喔喔……"地叫着。他在学公鸡啼了。

第三回小火车头"嘶嘶……"地叫着。他是在冷笑啊。

老张说："不对，这是放气，不是叫喊。"

于是小火车头又"嘶嘶……"地叫。

老张摇摇头说："不对。这好像是什么虫子叫。你不能咬紧了牙齿，却漏风地发声呀！要嘴巴张成圆形，随后拉开嗓门，'呜呜……'地叫。"

小火车头就照司机所吩咐的做，却叫出了"喔喔……"，他故意和老师开玩笑。

老张没有生气，反而笑了。"啊，你真是一个淘气的小家伙，故意这么那么乱叫。但是我得告诉你：做功课是不能开玩笑的，这样子学习是学不好的，而且就不是个好学生了。好吧，今天就这么样，你慢慢地改正过来。——"

老张想了想，接着很和气地又说："发音一定要准确，火车头应该是发出火车头的叫声，那才有用处。你想：如果公鸡在早晨'嘎嘎……'地叫，人们听了以为是什么呢？这是老鸭子叫，就不赶紧从床上起身了。正当人们在铁路上跨过去的时候，听得'呜呜……'的叫声，就知道火车快来了，得赶快让开，这样就不会发生事故。而你也可以平安地开过去，这样不是很好吗？"

小火车头实在并不是个坏蛋，只是爱开玩笑罢了。现在老司机讲得这么诚恳、和气，他很受感动，并且很快就明白了这个道理："事情一定要做好，而且要做得准确。"

一天的功课做完了，火车头们开回车库的时候，小火车头突然改过来了，不再淘气地叫"嘟嘟……"，他也和大家一样，叫着"呜呜……"，而且叫得最响。

这使得司机、助手、司炉都很高兴，一齐拍手说："好一个漂亮的小伙子！"

五　第二门功课——跑步

第二天清早，小火车头又"丁零！当啷"地带头从车库开到学校里去。

现在他们要学习第二门功课"跑步"。这是小火车头最喜欢学习

73

的一门功课。

年轻的助手说："孩子们，请你们用心听讲——"

小火车头有点不高兴了："你也还是个孩子，不过是个大孩子罢了，和咱们一个样儿！"

年轻的助手不理他，接下去说："当你们在白天看见绿旗一挥，或者在黑夜里看见绿灯闪着眼睛，你们就可以开动，并且要用一点儿力气，不然的话，就拉不动后面的车皮。但是也不能够用力太猛，这样子会使车厢震荡得太厉害，有时会叫两个客人互相碰撞。旅客们就要埋怨说：'怎么，这个火车头坏透了！'所以当你们开动时，要用适当的力量。而且在起步的时候，要慢腾腾地，逐渐逐渐地加快脚步，如果猛一下跑得很快，说不定还会伤害身体里的什么器官——"

小火车头皱一皱眉头，嘀咕着："这样就不痛快了！我是一个男孩子！我喜欢快跑！我要跑得快！"

年轻的助手仍旧不理他。"那些有经验的，有本领的火车头，他们都是规规矩矩的，照这个样子做'跑步'的功课，而且做得很好。当站长把绿旗或者绿灯高高地举起来时，你们听！——他们一边开动，一边发出好听的音乐声音来："呜呜！……轰！轰！克列塔！克列塔！轰！轰！克列塔！克列塔！……"

小火车头听到这里，才觉得新鲜有趣。他想："这个大孩子教得还不坏。不过话说得噜苏一些，说得太快一些。"

"注意：现在火车头越跑越快了，——听吧！轰轰！呼嗒！轰轰！呼嗒！轰轰！呼嗒——一口气要跑十几公里，或者几十公里路。快要跑到一个站，离开站不远的地方，那儿就叫'外扬旗'，你们得看仔细，如果扬旗已经放下来了，就要'呜呜……'地叫一声，直开过去，一边把脚步逐渐放慢，稳当地停靠在车站的站台旁边。你们可以听见：'嘶——呵嗤！呵嗤！'他们在喘着气呢。"

司炉在旁边笑起来，他向助手说："你讲得很明白。好吧，现在让他们练习练习。"

于是老司机像站长样地吹着哨子，准备举起绿旗。

忽然小火车头说："我喜欢跑得快，你们看！"说着，没有等绿旗举起，就独个儿飞快地跑出去了。

这突然间发生的事情，使得司机、助手、司炉三个要阻拦他也来不及，只得呆望着小火车头的背影，听着他"丁零！当啷"地很快向远处跑得不见了。

大家你看我，我看你，一点儿办法都没有。

年轻的助手搓搓手问："怎么办？"

"怎么办？"司炉这样重复地说了一句。他重重地挠挠头皮，把梳得很整齐的头发搔乱了。

老司机反叉着手，放在有点儿驼的背上，踱了几步路，回头来很有信心地说："我想他就会跑回来的。他一定就会跑回来的。他并不是一个坏孩子，不过是一个淘气的小家伙，爱开玩笑，想吓唬吓唬我们。"

果然，"丁零！当啷"的声音，从远处响起来，小火车头跑回来了，发出"嘶——呵嗤！呵嗤！"的声音，他累得喘起气来了。

但是他跑得挺快，在五分钟里，居然跑到了柳林站又跑回来，有五公里路呢，和最好的火车头跑的成绩也差不多了。

当司机知道他是从柳林站跑回来的，心里暗暗吃惊，却又十分喜欢。"看不出这个小家伙，脚力真不坏，将来一定是个著名的短跑家。"

小火车头还在"嘶——呵嗤！呵嗤！"

司机和气地问他："怎么样？累了吧！多休息一会儿。"

小火车头却逞强地说："不！"可是一边还在"嘶——呵嗤！呵嗤！"地喘着气。

不错，他还是第一次快跑呢。

司机笑了。"很好，你跑得快。我问你：你将来想不想当一个模范火车头？"

小火车头带着喘说："怎么不想！这是挺光荣的。我要——我要当一个模范火车头。"他喘了一口气又说："我也要两个肩头上插两面红旗！"

"好的，"老司机伸出手来，用毛巾替他揩去头上的一滴汗。"要是你真想当一个光荣的模范火车头，我告诉你两句话，你得时刻记着：学习是重要的；遵守纪律也是重要的，一切都得按照规章制度做。"

小火车头还在喘气，没说话。

"我，"司炉说着，摇了摇头。"不，我们都愿意看见你头上戴着红星，颈上挂着花环，肩上插着红旗，全身披着红绸，打扮得像个新郎一样美丽。那时候，我们要来祝贺你，几千几万人一齐来欢迎你，你脸上多么光彩！但是，话说起来是容易，做起来可要有决心。"

小火车头现在不喘气了，仍旧没回答，心里头很烦恼，觉得听从也不好，不听从也不好。"这些话是好话，老火车头也说过。不过，一定要看见绿旗或者绿灯才跑，看见红旗或者红灯就停，一定要在轨道上走，在轨道上停，这，这个太不自由了！我可不喜欢！我有我的主意！——不过，我一定要当一个光荣的模范火车头！……"

小火车头想来想去，总是矛盾，闷闷不乐地不做声。

"好吧，"老司机笑嘻嘻地说。"现在我们一起开到柳林站去，在十分钟内开到，不要太快，也不要落后，随后我们就开回车库去，明天再到学校里来继续学习。"

年轻的助手吹起哨子来。他的肺部真好，哨子给吹得"嘘溜溜——"地直响。

司炉有力地抬起右臂，扬起绿旗来。

小火车头"丁零！当啷"地在前面带头走。还有五个新来的同学，一起向前开动着。

呜呜！……轰轰！克列塔！克列塔！轰轰！克列塔！克列塔！……轰轰！呼嗒！轰轰！呼嗒！……呜呜！……

六 好老火车头

小火车头学习很认真，天天上火车学校去，不迟到，也不早退，从来不逃学。其他五个火车头，也都一样是好学生，所以大家功课做得很好，进步很快。

有一天傍晚，他们从学校里开回车库，里面冷冷清清，空空洞洞的，只有老火车头独个儿在那里，其他的都不见了。这使得他们很奇怪，也觉得很寂寞。

"你们回来啦！"老火车头很关心他们。

"您好，老火车头！"他们进了学校以后，都变得很有礼貌了。

小火车头早就忍耐不住，不等到老火车头回答说"你们好！"就抢着问："怎么，大家都不在了？"

"他们都上班去了。——你们学习得好吗？"

那个胆怯的火车头说："还好。不过今天头一回上大铁桥，我着实有点儿害怕。脚底下'轰隆！轰隆'地发响，从空洞的枕木缝里望下去，是一片滚滚的江水，我害怕会掉下去，脚软起来，身体有点儿哆嗦，因此过桥的时间慢了，没有考及格。"

"哦——"老火车头鼻子里哼了一声。

"明天我打算去补考，一定要把这门功课考及格。"

"哦——这样好！做事情得有决心。"

那个常常板着脸儿不说话的火车头，因为连日功课做得好，曾经受到表扬，所以心里头一团高兴，也说起话来："可不是，前天我开进隧道，黑洞洞的，又潮湿，又气闷，我也犯了怯场病，规定一分钟要通过这条隧道，我几乎考不及格，幸亏在最后的十三秒钟，才努力赶上了。今天上大铁桥，我壮了壮胆子，勇敢地从桥上跑过去，果然又考及格了。呵！呵！呵！"

"好的。"老火车头说。"干事情，要谨慎，也要有胆量——胆要大来心要细！"

小火车头不高兴了。"呸！你这个蠢货！老不说话，一说就这么一大堆！"他气可生得大，因为他急着要知道大家上哪里去了，偏给这两个不知趣的拉拉扯扯地讲开了，闹得他没空发问。

停了一会儿，大家都不做声。

小火车头耐着性子，又把话头拉回来。"他们去哪儿上班？"

"大嗓子拉着装载黄沙、石子、水泥等二十多节车皮，分量可不轻，上那建筑炼钢厂的工地去，那里正忙着修盖一座大高炉。"老火车头说着，又补上了一句，"这个工作可吃重呢。"

"那么，小嗓子呢？"

"他拖着十几节漂亮的客车，把几百个和平代表送到遥远的地方，去出席世界和平大会去。对于这些受人尊敬的客人，要拉得轻快，让他们觉得舒服适意，这个细致的工作可真不容易做。"

"'七一'号上哪儿去了？"

"有一个大水闸完成了百分之七十。工地上的几万工人讨论提早完成全部工程，比原定日期缩短二十七天。工程师就开出了十几张单子，打电报来催运材料。'七一号'是个光荣火车头，又是一个'满载、超轴、六百公里'新纪录的创造者。他跑得很快，这个重要的任务就落到他身上。他才从南方回来，也没休息，今天正午十二时就动身了。"

"还有'八一号'呢？"

"哈哈！砸碎砂锅问到底，你干吗要问得这样清楚？"

小火车头坚持地说："我要多知道一些嘛。"

"好吧。"老火车头打起了精神。"这些事情，你们应该知道，知道了才会更加热爱自己的祖国。祖国正在进行大规模的建设，要在地面上建设天堂。美丽的将来把所有的铁路都铺成双轨，我们可以飞也似的在那上面跑，不管在什么地方交叉碰见时，都不用停下来，尽管一边快跑，一边还可以'您好！''您好！'地互相打招呼呢！这样的旅行，真是快乐的旅行，哈哈！哈哈！——"

胆小的火车头轻声地说："我也希望有这样快乐的旅行！"

"讲到'七一号'、'八一号'、大嗓子、小嗓子，他们都是好火车头，他们的榜样你们得认真学习。他们能够创造新纪录，得到光荣的称号，没有什么秘密，说来说去还是这两句老话：'好好学习，遵守纪律'——"

"哈哈！""嘻嘻！""呵呵！"其他的四个火车头也都听得很高兴，不觉一齐笑出来。

板着脸儿的火车头只动了动眉毛，没出声音。

小火车头也没笑。

老火车头得意地继续说下去。"纪律这两个字……"

"啊呀！真是老调！"小火车头再也忍耐不住，他喊了出来。"您唠唠叨叨地讲了一大篇，这些教训我已经听够了，多厌烦哪，请少说一些吧。我要知道的是'八一号'上哪儿去了?"

"小家伙,你又生气了,做火车头千万不能生气,翻倒茶杯,泼出肉丝蛋汤,碰伤旅客,这可不是玩的。老司机在第一天就把这些话告诉过你们的吧。——"

"哎呀!又来了!又来了!我都记得。现在只请您告诉我们,'八一号'上哪儿去了?"

"记得就不该生气!"

"我不生气了,请您说吧。"

老火车头想:这小家伙自从进了学校以后,脾气的确是改好了一些,老司机真是一个好老师。

"请说吧!"其余的四个火车头也都急于要听下去。

板着脸儿的火车头没开口,不过在心里头也在这么说,他是难得开一声口的。

"好吧,我就说。这一次'八一号'是上矿场去的,他拉了五十七节——"

"啊——"胆怯的火车头不知不觉地叫了出来。

小火车头还在生气:"蠢货,别打岔子!"

"他拉了五十七节车皮,满满地装上钻探机、挖泥机、压路机、搅拌机,还有起重机,以及各式各种机器零件,都是一些笨重的,但都是极其有用的东西。这一次他准备在速度上创造个新纪录,瞧吧,半个月以后,我们可以听到他的好消息!"

"哈哈!""嘻嘻!""呵呵!""嗨嗨!"大家都高兴得笑起来了。

只有板着脸儿的火车头动了动眉毛,仍旧没笑出声来。

小火车头也没有笑。他想:"我有我的主意:反正将来我在学校里毕业了,要拖上六十节车皮,一天跑五百公里,不,也跑六百公里,不论怎样装得又满又高,我都拖得动呢!"

81

老火车头回过头来，望着小火车头。"哦——你怎么样？怎么不做声？有什么心事？"

"天塌下来我也不怕。我只有一件心事！"小火车头回答。"当然啰，我一定要当一个光荣的模范火车头。但是我要怎样才能考及格'满载、超轴、六百公里'这门功课！"

"这算不了什么心事！只要你有决心，总有一天会考及格的。如果你的学习和纪律一点儿不差的话。"

"是这样的吗？"小火车头心里乱得很。"为什么我不能够自由地快跑，自由地停止？为什么我不能够自由地离开轨道，上旁的地方去走走看看？"

但是，这个好老火车头沉着地说："是这样的！"

月亮已经起来了，想找几个伴侣，可是一颗星星也没有，都躲到云姑娘的白纱帐后面去了。她爬到高空中，打从围墙上面偷偷看着火车头们，好奇地想知道他们在干些什么。

但是火车头们觉得时候不早了，应该休息。

七　最后的最重要的一次考试

日子一天又一天地很快过去，火车头们在火车学校里的功课已经学得差不多了，只剩下最后一门最重要的功课。

老司机教导他们说："亲爱的同学们，我心里很高兴，我的朋友司炉同志、助手同志，他们和我一样高兴，因为你们把功课学得很好，都考及格了；也有考不及格的，但是已经补考及格了。现在只剩下这最后的一门功课，必须用心学习，考及格了，就可以毕业。祝贺你们成功！"

接着，头发梳得亮亮的，胡髭剃得光光的司炉说："请你们牢牢记着：看见绿旗、绿灯准备开动；看见红旗、红灯必须停止。"

小火车头问："司炉同志，你说得不错。但是我在向前飞奔的时候不喜欢停止。哦——我是一个男孩子，我喜欢跑得快。"

"是的，我知道。"司炉说。"你是个快跑家，将来是有名的飞快车。但是你必须看见了绿旗、绿灯，才可以开得快。"

青年助手接着教下去。"请你们千万不要忘掉：随时随地要上轨道走，要在轨道上停。"

小火车头又问："助手同志，你说得不错。但是我跑得疲倦了，不能够到草地上去休息休息吗？"

"不能！"年轻的助手干脆地回答。"跑倦了，可以在车库里休息。"

小火车头再问："那么我跑得浑身热了，口渴了，不能够上湖滨去喝口凉水吗？"

"不能！"年轻的助手坚决地说。"跑得口渴了，车站上有水塔，可以让你喝；可不能随随便便到湖滨去喝水。而且湖里的水不太干净，说不定还有细菌，喝了会害病。谁要做模范车头，必须考及格这一门'安全行车'的功课。不然的话，就要留级了。"

小火车头虽然没有再问什么，心里头可不舒坦。

老司机已经摸熟了小火车头的性情脾气，知道他准是不服气。他是一个有才能，但是顽皮、急躁、自高自大、喜欢独个儿自由、不守纪律的小家伙。所以就插嘴开导说："这一门功课虽然最重要，但是也最容易，连最笨的火车头也一学就会。困难在于改变自己不正确的思想。从前有一个小朋友，他的语文考一百分，算术也考了九十五分，历史和地理也都考了一百分，音乐、体育、美术全考了满分，但是他在以后骄傲起来，不遵守课堂规则，上课的时候迟到，还要打扰人家的学习，没有打下课钟就跑出去玩了。你们想想看：

这样子能够不能够学习好？可以不可以当模范学生？”

“不能够！”火车头们齐声回答。

“不可以！”胆怯的火车头也抢着喊出来。

“你们回答得对。我想你们听了这个故事，一定都懂得这个道理。既然懂得，就能够做到。可不是吗？”

“懂得，我们能够做到！”火车头们又一齐高兴地喊出来，连板着脸儿的火车头也喊了出来。

这一次，只有小火车头没开口，虽然还倔强，嘴里不肯说什么，心里却完全明白遵守纪律是一件怎么样重要的事情。

只听得司炉庄严地说：“现在，你们要考试一下了。从这儿出发，经过柳林站、梅溪站、杏花村站、桃源岭站，到达红榴庄站。在六十分钟以内，没有事故地到达的，成绩就及格。请注意，这是在火车学校里的最后一次考试！”

“是的，这是最后的一次考试了。考试过后，休息两天，大后天就要举行毕业典礼。”青年助手高高兴兴地，他又完成了一件工作。

老司机堆着笑脸，非常和气地说：“亲爱的同学们，一星期以后，你们要参加服务，在工作中要求进步，争取当一个模范火车头，我们热烈地预先祝贺你们！”

火车头一齐叫出来：“学校万岁！谢谢辛苦的老师们！谢谢老师们的好教导！”

小火车头心里感动得也高声地叫出来。

哨子响了，绿旗扬起来了，于是火车头们向前开动了。起步的时候是慢慢的，后来越开越快。

小火车头又“丁零！当啷”地占了先，飞也似的向前开去。

“这个漂亮的小家伙！”老司机望着小火车头的背影，摸着自己的胡须，点头微笑。

十分钟以后，其他五个火车头才开过柳林站，但是小火车头已经开过了梅溪站，直向杏花村站飞奔过去。

离开杏花村站两公里地方，有一片大草场，一匹漂亮、高大、强壮的黑马，正在那里吃草。

小火车头不怀好意。"让我吓唬他一下，吓得他的黑耳朵变成红耳朵！"所以当小火车头开近他时，突然地大声怪叫起来，"呜嘟！……呜嘟！……呜嘟嘟！……"

黑马的耳朵没被吓红，反而笑了出来。他想：这个顽皮的小家伙，在跟我开玩笑呢！

他就向小火车头说："怎么，你向我挑战吗？你别以为自己跑得快而骄傲，我们来比赛一下吧！"

小火车头没有料想到他会说出这样的话来，弄得很尴尬，只好说："你敢吗？"

黑马还是笑着："好久没有赛跑了，我很高兴和你赛一下！"

小火车头当然不肯罢休。他说："那么，来吧！"

黑马不答话，就和小火车头互相隔着五米光景，并排地跑起来，他的黑鬣毛在风中竖了起来，黑尾巴笔直地拖在屁股后面，腾起了四个蹄子，在广阔的草场上飞奔。

小火车头一看他的对手很厉害，也不敢怠慢，用足气力，飞也似的沿着轨道开过去。他想："要是我落后了，学校里的同学们不都要嘲笑我吗？那还成什么话，我非赢得这场赛跑不可！"

黑马也在想："这个家伙真有劲，到底比一条水牛力气大得多，看他跑得多快！"

两个跑了一分钟、两分钟、三分钟，分不出胜负。但是谁也不肯认输。

"我得胜过你！"黑马说着，昂起了头，腾起了后脚，用力向前冲刺，蹄声"嗒！嗒！嗒"地在草地上有力地响着。

"我得胜过你！"小火车头一边回答说，一边飞快地转动轮子，"克列塔！克列塔！"轮子在阳光中闪出一道道的银光来。

当小火车头自信可以得胜的时候，轨道打了一个大弯，朝别的方向伸展过去。

"啊呀！完了！"小火车头失声地喊出来。"黑马会胜过我了！当我打转弯时，他将一直向前飞奔过去了。"

在这紧要关头，可怕的事情就发生了。

小火车头不顾老司机、司炉、助手的三番五次的教导，竟向一条岔道上开过去。他要和黑马并排着赛跑。

这条岔道原来是通到遥远的大山后面的露天煤矿场去的，可是人们已经修了一条新的铁道，这条要绕远路的岔道，火车早已不走了。

"哦——"黑马疑惑地说，"我想你必须在正轨上走，不要走弯路！难道你没有上过学校，你的老师没有教导过你吗？"

"不，我上过学校，而且功课做得很好，每次考试都得一百分，我快要毕业了。"小火车头回答说。"老司机、青年助手，还有那个长着大胡髭的司炉，他们是我的老师，都这样教导过我。可是我——喜欢自由！"

"哦——那不好，那不是好学生，"黑马严肃地说，"我想你这次会考不及格了！"

小火车头吃惊地想起来。"啊，我玩得忘记了，这是最后的最重要的一次考试！——朋友，再见吧！"

"朋友，再见！不论考试和做别的什么事情，我希望你还是不要走岔道的好。"

小火车头赶忙打倒车，退回到正轨上去。

当他再向前飞快地开过杏花村站的时候，望见钟楼上的大钟。"啊呀！不得了，我考不及格了，只剩了十三分钟！"

这时候，其余的五个火车头都已经开过桃源岭站，连常常跑得最慢的、那个永远在伤风打喷嚏的火车头，也望见了高高地耸起来的桃源岭站的红屋顶了。

小火车头尽力追赶，像狂风一般的奔着，当他到达红榴庄站，和伤风打喷嚏的火车头只差百分之一米。

青年助手把红旗一扬说："六十分零半秒，小火车头不及格了！"

"不！"老司机紧接着说，"你的表快半秒钟。小火车头也考及格了，恰恰是六十分钟。"

八 小火车头走上岔道

小火车头和大家一同回到车库里，淌着汗，喘着气，疲乏得很，连"丁零！当啷"的声音也没有了。可是他心里蛮高兴，因为总算考及格了，而且没有一个知道他走上岔道。他也没有向别的说起过这件严重的事情，只是老想着那一场有趣的赛跑。

这夜里，黑龙不知道从什么地方开回来，把他在南方旅途上看到的美丽风景：山哪，湖哪，田地哪，森林哪，草原哪，牧场哪……一五一十地讲了两个钟点。而且说："明天一早我还要动身到北方去。"

小火车头喃喃地自语着："可惜这位黑大哥永远在轨道上走，光是老远地望一望是不满足的。我就不这么来着。我高兴上哪儿玩就上哪儿玩，这样才称心如意！"

第二天，小火车头要开出车库去时，老火车头问道："今天和明天不都是你们休息的日子吗？你上哪儿去？"

"我……我上学校去看看。我……我怪喜欢学校的。"

小火车头说着，头也不回地走了，"丁零！当啷！"很快地开过柳林站，开过梅溪站，又望见了那片大草场。使他失望的，黑马不在那儿，不然，今天大家再可以显一显身手。因此他就没精打采地克——列——塔！克——列——塔！跑得很慢很慢。

忽然他看见一只燕子，在草场上空飞着，一会儿低，一会儿高，多么自由，多么自在呀！

他有一丁点儿羡慕他。

那燕子蓦地里飞近来，仿佛知道小火车头的心事似的，越飞越近，来伴着他玩。但是一下子又飞远了，向遥远的大山那边飞去。这不由得不使小火车头生气。"这个坏东西！你以为我不会离开轨道上走吗？看我的——"

但是，小火车头并没有立刻离开轨道，他要想一想："小火车头应该随时随地在轨道上走，要不，就是违反纪律，何况我决心要当一个光荣的模范火车头——可是草场软绵绵的，像一条很大的绿毯子，多美！我就要傍着它在岔道上面追赶那燕子、白蝴蝶、黄蝴蝶，我还要压扁长在岔道旁边的那些杯形的小红花儿。——不过，事情虽然有趣好玩，不遵守纪律总是不好！——没关系，老司机是个好心肠的人，他会原谅我的，会饶恕我的过失。哦——"

小火车头竟又开上岔道去玩了。

傍晚，他回到车库里，又是疲乏得不得了。他害怕老火车头会盘问他，连喘口气也不敢。

他假装若无其事的样子，故意向伤风打喷嚏的火车头问一声："喂！你伤风好一些了吗？外面空气真好，你没有出去走走吗？"

胆怯的火车头插嘴说："老师们叫我们休息的，我们得听话，守纪律，不能随便跑到外边去。"

小火车头自言自语着："呸！蠢货！你哪里会知道草场上的好风光！"

这天晚上，小火车头想想白天所做的事，自己觉得十分惭愧，明天决定遵守纪律，在车库里休息了。

下一天的早晨，他的心痒痒的，脚也痒痒的，到底又偷跑了出去，开上岔道，希望在草场上再碰见黑马，好一同赛跑。

但是黑马不知去向，连影子也没有。

这天天气很不好，燕子也不飞出来。

他只看见一条老水牛，刚从稻田里干活回来，蹲在靠近岔道的一棵老柳树底下休息。他跑过去想和他谈谈心，可是他自己的脚步声响得太可怕，老水牛站起身来，一摇一摆地跨到湖里去，躲开了他："这个孩子多贪玩，又粗野！"

小火车头觉得很乏味，虽然他非常爱玩儿，但是不得不回车库去了。

老火车头看见小火车头懊丧地跑回来，没有昨天那么高兴，不知道他有了什么心事。

傍晚，天空里飘着雨点，先是细雨，淅沥！淅沥！后来下大雨，滴咧！答啦！小火车头一直睡不着觉，不知道是被雨声吵闹了，还是有什么不痛快，他老是觉得心里头有那么一个疙瘩，沉甸甸的。

"唉——"小火车头叹了一口气。

老火车头安慰他说："你别着急，即使明天下雨，也不过只延迟一天，毕业典礼是一定会举行的。何必自寻烦恼，早点儿安心睡觉吧！"

这几句话，好比隔靴抓痒，使得小火车头笑又不好，哭又不好。

老火车头睡着了。

小火车头却睡不着，雨"滴咧答啦"地一直下到了天亮，他只在天亮以前，闭上了一会儿眼。

大铁门"砰"的一声响了，把他闹醒。

他张开蒙眬的眼睛，看见老司机走在中间，青年助手走在他的左面，司炉走在他的右面，他们都穿上了雨衣。

"为了典礼进行得完满，我的意思还是延迟一天，你们有什么意见？"老司机一边吸着烟卷儿，一边推了推挂着水点的雨帽说。

"我没有意见。"年轻的助手说。

司炉不大同意。"如果明天仍旧下雨呢？"

"看来雨不会下得长久，你没看见烟囱里的烟腾得很高吗？而且风向也转了。"

"那么，我也同意延迟一天。"司炉说着，抽出插在裤袋里的手，往前一摆，又在自己的颌下摸了一下胡髭，今天剃得光光的，很漂亮，他已经准备好参加毕业典礼了。

"就这样决定。"年轻的助手说着，抢走在前面。"趁时间还早，该把他们整一整，使他们在典礼会上更加整齐些。"

老司机拿出嘴里叼着的烟卷，点点头说："你说得是。你不说，我竟忘了。"

于是他们分头跑向火车头们。

"咦！奇怪，怎么你的轮子里有了青草！"青年助手睁大了眼睛，吃惊地问小火车头。

"哦——"小火车头含糊地哼了一声。

司炉也跑过来，不相信地重复着问："轮子里有青草？"

"可不是！"助手边说边摸。"啊呀！怎么保险杠上还有两朵雏菊？"

"哦——"小火车头又含糊地哼了一声。

"你在说什么，还有雏菊，是那种杯形的小黄花？"司炉以为助手说笑话，或者发神经病。"来，让我瞧瞧！"

"你瞧吧，这还不是？"

"脸上有泥浆的痕子！汽笛里还有三条杨柳叶？"司炉气呼呼地叫了出来。

"哦——"小火车头说不出话来，只能"哦——哦——"地这么含含糊糊地哼着。

助手很不高兴地说："我猜想这个小家伙做了什么事了！"

"难道说是越出轨道去？"司炉用了疑问的口气反问了一声。

小火车头心头"怦"地一跳，但竭力装出镇静的样子，不让他们看出破绽来。

老司机也赶过来，站到小火车头的面前，把老花眼镜在鼻梁上推了一下。

"喂，喂，这样重大的事件，不能随便说。"

年轻的助手气愤愤地："您老是包庇他！"

"我也以为如此，最后的一次考试他就是勉强及格的！"司炉非常不满意地说，连脖子上的青筋也涨了起来。

"你们冷静些，无论什么事情，没有经过调查研究，就别随便乱说。要是他真的越出轨道，就不能毕业，因为不肯遵守纪律的人，他就不能很好地为人民服务。这个关系可大呢！"老司机还是和和气气地说。

"证物在这儿，还不够吗？"助手把青草，雏菊，柳叶一起拿给司机看。

"还得仔细研究研究，譬如说在轨道里，在枕木旁，有没有长了青草，或者长了雏菊，最好先做一次实地调查的工作。"

司炉拉着助手的手："走吧，咱们立刻去调查清楚。"

"对，我和你们一块儿去。"

三个人冒着毛毛细雨走出去，看来天快晴了。

大铁门"砰"的一声关上了，小火车头这才透了一口气。

老火车头说："喂，小伙子，你得说老实话，究竟有没有越出轨道，这问题可不小呢！"

"哦——"小火车头还是含含糊糊地哼了一声。

胆怯的火车头说："越出轨道，我想都不敢想。这并不是因为我胆小，是为了遵守纪律。"

"我也不！"板着脸儿的火车头这是在车库里第三次讲话，"遵守纪律为了更好地学习。"

"我也不！"伤风打喷嚏的火车头说，"啊嚏！——也可以说，啊嚏——学习就是为了更好地遵守纪律。"

"我也不！"短鼻子的火车头说。"我是愿意遵守纪律的，我要做个好学生。"

"我也不！"大肚子火车头最后一个说，可是他没说出意见来。

只有小火车头自己觉得很惭愧，他开始埋怨起自己来。

"我在轨道上跑了二十五年，从来没有听说哪个火车头，故意越出轨道去玩；除非因为跑得太快，不留神，出了轨。或者轨道上有毛病，没看清楚，才会翻倒了出轨。"老火车头感慨地说。

"如果他走了岔道？"小火车头突然这么插了一句，他自己也不知道为什么要这样地问。

"如果不是规定他走岔道，那等于是越出轨道。"

小火车头心里很难受。"把这事情说出来呢，还是一直保守秘密？看来我自己才是个蠢货！——好吧，我说，我说，——等老司机回来，我就说，他是一个好心肠的人！"

雨丝渐渐停止了，云端里在发亮，太阳不久就会耀出光来了，小火车头的心里也在慢慢地开朗。

九　可耻的留级生

事情经过了调查，并且做了一番研究，小火车头并没有越出轨道，不过他曾经开到岔道上去过，这是千真万确的事，而这也就是违反了纪律。

司炉和助手竭力主张严格地处理，不能让小火车头参加毕业典礼。

但是老司机说："我们还得仔细地考虑考虑，想得全面些，不要轻易地这样决定。"

年轻的助手说："可不是！柳条叶不可能在轨道里生长起来；而且现在已经调查明白，轨道里既没有青草，也没有野生的雏菊……"

司炉紧接着说："从铁轨上的痕迹看来，很显然，表明有火车头越出正轨，开到岔道上去，而且一定是他！——这个骄傲的小火车头！他自以为本领大，即使没扳上道岔，也能开得过去。不然，那最后一次的考试，他一开始就跑在前面，怎么会结果落在最后，而且几乎考不及格，比老是伤风打喷嚏的火车头还差？平常他不是跑得挺快？这里头肯定有文章！"

老司机静静地想了好一会儿。才"哦——"地哼了半声。"你们的意见对。但是这样做，并没有解决问题。"

"那么，你说应该怎样做呢？难道就这样马马虎虎地允许他毕业了事，这叫我们自己先不遵守章程，破坏了规则！"

"我的想法和你们不一样。"

"你无非想帮助他。"司炉直截爽快地说，"可是我们不答应！"

老司机柔声地说："你们看问题，仿佛到了森林里，只看见树木，却不看见树林。"

"你说这句话是什么意思？"司炉不快活地问。

"师傅，我也不明白，请您说清楚。"助手几乎生气了，撅起了嘴巴。

"哦——"老司机踱着慢步，吸足了一口烟，再吐出来，慢条斯理地说，"小火车头是越出了轨道，把'火车学校'里头最重要的一门功课没考及格，照理不能毕业。但是他年轻，有才能，不光是跑得快、力气大，而且实际上也能够考及格这门'安全行车'的功课，不过他思想上还有毛病，我们却没有好好地教育他……"

助手不同意，反问一句："我们对他的教育还不够吗？"

"是的，还不够，他才会走上岔道去。虽然他也懂得这个道理，却不能做到，思想上有个漏洞，我们却没把它补好！"

司炉连连摇头："这是什么话！这么说，倒是我们的不是了。"

"总之，小火车头明天不能参加毕业典礼！"助手坚决地说。

司炉赞成助手的主意，并且说："司机同志，现在二对一，多数通过。如果你一定要袒护他，我得向你提意见。"

"好吧，你们既然都主张这么办，那就这么办。"但是老司机又补上了一句，"不过这不是一种好的教育方法！"

于是他们三个人跑回车库里来。

小火车头的态度很好，坦白地承认自己犯了不应该犯的错误，并且表示真诚悔过。他说："我懂得清楚，做得糊涂，以后再也不犯错误了，希望得到老师们的帮助。"

"不能。"老司机这句话，大大地出乎小火车头意料之外。"你已经不止一次地犯了错误，并且这是一门最重要也最容易的功课，因为你的骄傲、固执、淘气、不听话，却考不及格，将来把重要的任务交给你，是危险的。唉，你自己使你自己留级了。——但是，你还可以补考，参加下一班的毕业典礼！"

这对于小火车头是个很大的打击，仿佛在他头顶上突然响起了一个霹雳。

他又羞，又气，又怒，暴躁地说："我有我的主意，我喜欢自由行动，我偏要越出轨道，高兴到什么地方玩就到什么地方玩！——玩！——玩！"

他们不理睬他，只是吩咐其他五个火车头明天开到火车学校里去。上午十点钟举行毕业典礼，下午举行欢送大会，参加祖国的交通工作。

三个人走出去了以后，老火车头对小火车头说："你不能生气啊！害了病，请医生，要吃药；犯了错误，要听从老师的教导。老司机允许你补考，这对于你是很大的帮助，你虚心一点儿吧！"

小火车头没有回答，只是怒气冲冲的。

老火车头又劝告他说："事情做得对的，要坚持下去；事情做错了的，要接受批评。火车头越出正轨，随随便便走上岔道，即使本领大，没翻车，也是不可饶恕的行为！你要当一个光荣的模范火车头，就要从改正这个错误开始。"

小火车头还是没有回答，只减少了几分怒气。虽然他心里头明白这道理，但是他还要面子。

老火车头怀着一片好心，抓紧时间再说服他："犯错误的，我看见过，改正就是。老司机喜欢改过自新的火车头。老实说，像你犯这样大的错误，我还没听见过呢！但是，今天改正了错误，明天就是一个好火车头了！"

小火车头不做声，呆呆地站着。

十 好的教育 好的方法

有一天早晨，杏花村站的站长匆匆地来到火车学校。

他一把拉住了老司机说："我说出来恐怕你也不会相信。以前我听得有人告诉我，你的学生小火车头开上岔道，在大草场上玩，我可不肯相信。今天我亲眼看见了他，在岔道上来来往往，追赶一群山羊，还追赶两只蝴蝶。他的样子很滑稽，很顽皮。"

"哦——"

"你不能'哦——'，要想办法。"

"对，我要想办法。——我早知道会发生这样的事情。"

"那，你为什么不早点儿想办法？"

"他们不同意我的看法，因此反而把事情搞坏了。"

"我可以帮助你。"

"谢谢你！你这样子做，也帮助了小火车头。现在请到办公室里来坐坐，让我们来好好地计划一下，怎样去再教育他！"

司机和站长到后面的办公室里去，商量了好一会儿，只听得他们"哈哈！""呵呵！"地大笑了一阵，就走出来了。

司机吩咐助手和司炉照顾着学校，自己一直送站长回到站上去。

自从那天起，小火车头一直在外面游荡，而且像一匹野马样地放肆地玩。

这天，他看见天空里飞翔着一架银色的美丽的飞机，轰隆隆地响着，就自言自语地说："啊，我不知道他叫什么名字，可不是一只大蜻蜓？最好我也能够像他一样地飞，这比跑还畅快！"

于是他一边追赶过去，一边用汽笛唱着快乐的小曲：

呜呜呜！我喜欢跑快步。

嘟嘟嘟！跑出轨道我也不顾。

嘻嘻嘻！我自有我的好主意。

黑马啊黑马！

你快点儿来和我一同赛跑，一起玩耍。

那架银色的小飞机仿佛和他开玩笑，一忽儿飞在他的前面，一忽儿又飞在他的后面，逗着他向前跑一段路，又跑一段路，一直跑到像蜘蛛网般的铁道里，这个地方他从来没来过。

突然刷地闪出一面红旗，在他面前直举起来，而且猛烈地挥动着。

小火车头理也不理，冲了过去。

他没走多远，第二面红旗又突然刷地在他面前出现了。

小火车头猛然想起了学校里老师们的声音、面貌、认真的教导，不由得心里难过起来，无力地煞车停住。

但是只有一会儿。

"不打紧，我可以走别一条路。"小火车头说着，就向左转弯，快跑到一排杨柳树近旁，另一面红旗又举了起来，这使得他心里更加难过。

"要是我肯遵守纪律，也不至于独个儿流浪，在这里游荡，早也拖着车皮干正经事了。——但是，这没关系，换一个方向走。"小火车头向右转弯，跑到一所旧板屋的近旁，又是一面红旗探出头来。

"啊哟哟！"小火车头慌乱起来，不只是"呜呜呜"都不会叫，连"嘟嘟嘟"也不会叫了。

现在，他不论跑到哪里，红旗从四面八方纷纷地举起来，一齐向他猛烈地挥动着。

"红旗——停止！"小火车头昏沉沉地，喃喃地说，"这是纪律，我要遵守。但是——但是为什么看不到一面绿旗呢！"

不知道是汗珠，还是眼泪，在小火车头上满脸地淌着。他正在走投无路的时候，望见老司机站在老远转弯的地方，手里正挥动着一面绿旗。

"这才是我可以去的地方！"小火车头欢天喜地说。

他沿着那条正轨，喷着气，尽力快跑，直跑到老司机的身旁，刹车停住。

"亲爱的老师，这条道是我该走的道！"小火车头一边喘气，一边说。"随时随地在轨道上走，在轨道上停，是一件快乐的事！"

老司机笑眯眯地放下绿旗，和善地拍拍小火车头："好了，从今天起，你重新走上光荣的模范火车头的道路吧！"

站长，助手，司炉，列车员，检查员，所有铁路上的工作人员，一齐围拢来，望着小火车头嘻嘻地笑。

——看！他改过了，好一个漂亮的小家伙！

大伙儿都在这么说。

小火车头又高兴，又悔恨，滴出了一颗大大的喜悦的眼泪。"我上轨道走，大家都在热心地鼓励我！——哦，我要遵守纪律，我能够，我一定能够遵守到底！"

现在大家高高兴兴的，有的鼓着掌，有的挥着帽子，有的扬着手帕，只有老司机又举起了绿旗，欢送小火车头开到杏花村站去，让他先行参加交通工作，作为一种特别的补考，如果在一年里面，安全行车，不发生事故，就可以补发毕业证书。

"这是一个多么好的野外毕业典礼呀！"小火车头天真地这么想着。

他没参加过毕业典礼，也不知道毕业典礼究竟是个什么样子的。

但是他肯改正错误，这比什么都宝贵。

十一　又是一个节日的前夜

三年以后的五月三十一日晚上，小火车头开回车库里来，他已经是获得三颗红星的模范火车头了，每年都打破自己所保持的最高纪录，现在他是个"满载，超轴，六百六十公里"新纪录的创造者。

明天，是国际儿童节日，他将要光荣地被命名为"六一号"，和"二七号"、"三八号"、"五一号"、"七一号"、"八一号"、"国庆号"等同样是光荣的模范火车头。

司机、助手和司炉，早准备好了一朵大红缎子结成的大红花，他将要全身披着各种颜色的绸，在一万名的小学生的欢呼声和歌唱声中，开出车库，到杏花村站去举行庆祝典礼，接受一千名来自全国各地的少先队员代表献给的大花环。

这天晚上，他开进车库去时，满心欢喜，"丁零！当啷"的声音分外清脆。

他愉快地向老火车头说："您好！"同时他看一看车库，只剩下老火车头一个在里面。"怎么，您老人家独个儿住着，大家都忙着？"

老火车头已经好几个月不见他了，这晚上能够看见他到车库里来，自然万分高兴，可以解解寂寞；但是主要是看见他又添了一颗红星，知道他又创造了新的纪录。"你好，多久不见了，身体可健康？工作可好吗？"

"多亏大家的帮助，工作还算有些成绩。——怎样啦，这几天同志们都因为工作忙，不回来休息？"

老火车头高兴地说："忙得厉害，但是大家更加高兴。我们愈是忙，祖国的建设愈是快，谁不爱劳动呢？"他一口气说到这里，顿了一下又说："这四个月来，连我也每天出勤。司机看见我年纪大了，只让我跑二三百公里的短距离，晚上总是回来休息。其实，跑夜路，我还能行的。"

"当然，您是行的。不过，多休息休息吧，这是应该得到的尊敬和优待，您是第一个'满载，超轴，五百公里'的纪录的创造者！"

"这个蹩脚的纪录，已经给你们老远地抛落在后面了，尤其是你，啊哈！小伙子，你进步得真快！太快了！"老火车头觉得不好意思起来。

"您老人家说哪里话，我这个年轻小伙子，还不够得很，正在努力学习呢！"

老火车头想："这个漂亮的小家伙，现在说话这样谦虚。"接着他微笑着轻声地问道："年轻的朋友，有一个问题，当我每次看见你时老想问，却两三年来一直没有问。今天机会好，我们可以谈谈吧。"

"怎么不可以！有什么说什么嘛。"小火车头很干脆、很坦率。

老火车头向前又向后摆动一下身子，他说话的时候，老是有这个习惯。"那么，让我说老实话——"

"您从前曾经常常帮助我，现在我仍旧要求您常常帮助我。请不客气地说吧！"

"哦——"老火车头顿了一顿才说，"我总觉得这是一件奇怪的事情。你才到这火车学校里来学习的头几个月，非常淘气，而且顽皮得很，老是犯错误，甚至于一次两次地开上岔道去，这是谁也不敢做的事，后来怎么样一改就改好了。这多奇怪，像谜一样，我猜了三个年头，没猜出来！你难得回车库来，今晚上说个明白吧。"

"原来是这样的一个问题。在我自己想来一点儿没什么奇怪！这是老师朋友们的力量，大家帮助我进步，把我改变好了。主要是老司机很好地教育了我。"

"他怎样地教育了你?"

"他老是很和气地、耐性地教导我。当我每一次犯错误时,他从来没生过气,相反的,他耐性地开导我。每一次都使我心里很难受,很感动,我自己就常常想改好——"

"既然很感动,怎么不立刻改好呢?"

"是的,我仿佛是一块铁,不是一下子就能炼成钢的。但是,老司机一次又一次地教育我,我的感动一次深一次,我的决心也一次坚决一次,除非我是一块花岗石,我才永远不能改好。——可是我并不是一个笨货、坏蛋啊!"

"哦!哦!他是一个好老师!"老火车头自言自语地说。忽然他换了个口吻,"这样说,他的教育方法很好呢。"

"的确很好,他摸熟了我的性情脾气,懂得我心里头在想什么。像把洪水引导水闸里去,我就自然而然地流过去。现在我不仅不闯祸,而且变得有用了。那两位——司炉和助手,他们也给了我很大的帮助。但是说老实话,他们不大懂得我,恐怕到现在还不呢?"

"你说说看,最后一次你怎样改变过来的呢?"

小火车头不禁回想起三年以前,在离开杏花村站不远的一个铁道网上,演出的那一幕喜剧。幸而在灯光底下,老火车头没有看出他害臊得红了脸。

他很不好意思地笑笑说:"呵呵!那可以说是老司机最好的一次教育方法,他用了群众的力量,让大家都来要求我改好。如果我走向错误,我只有孤独的一个;我走向正轨,就有那么多的人欢迎我,我还能走不该走的岔道吗?您说,以后我还愿意自由活动,放任自流,无组织、无纪律吗?"

"哎——"老火车头仿佛在说:"这才叫我明白了。"

小火车头愈说愈高兴。"哈!在这三年多来的工作中,使我更多的接受了教育。我送过劳工代表去开会，又送过妇女代表去开会，更送过青年代表去开会，差不多每年我都要送着少先队员们到夏令营去。是的，因为我关心他们，所以我就熟悉他们的事，我觉得他们的学习一年比一年更好，他们的知识一年比一年更丰富，他们的歌唱得一年比一年更好听，他们的笑声一年比一年更响亮，他们的身体也一年比一年更健康。我每次拖起车来，总觉得他们体重又增加了，我虽然拖拉得很吃力，可是真正高兴。他们是祖国伟大事业的接班人啊！"

"真好，真好，你这一番话叫我也得到鼓励。咦！我仿佛变得年轻起来，明天我要向老司机争取跑一千公里以上的长距离路程。"老火车头高兴得又向前向后摆动了一下。

"这是一个光辉的时代，谁都变得年轻，并且有进步。"

"好吧，你累了，早一点儿休息。明天是你的光荣的日子。我衷心地祝贺你！"

"谢谢您，我要永远好好学习！遵守纪律！"小火车头说完，打了一个呵欠，一会儿就睡熟了。

老火车头看看他，看他睡得很甜，很香。于是微微地笑着。"他真的跑累了！——但是他也真的当上了光荣的模范火车头。这个漂亮的小家伙！"

"呵……"老火车头也觉得困了，想睡觉了。

车库里又是静悄悄的，什么声音也没有。

十二 尾 声

你看完以后，一定会说，这不是真事，这是童话。

对，我佩服你，你虽然还是个孩子，可比有一些大人还聪明。

你懂得这是童话，因此没说我胡说八道。

　　如果有一天你上"玩具展览会"去，看见小火车头拖着一列车皮，在轨道上开过去，又稳又快，你就相信这个原来淘气的"小家伙"，现在的确改过了，而且是个好孩子，非常能干，工作很出色。

　　我相信你会爱他的，你的朋友们也一定会爱他的吧。

一幕若有其事的喜剧

——关于十三陵水库的童话

太阳一压山，黄昏时分，山头都沉浸在一片金黄色的夕照里。

话说朱棣①在长陵②寝宫里长眠了五百多年，平日倒也安静无事，真有"下有百年人，长眠不知晓"的乐趣。

他有时候想到生前兵临石头城，征安南，讨鞑靼，伐瓦剌，固一世之雄也。……他又常想到生前选上了昌平县北面天寿山这块幽静秀丽的山区，四十平方公里，三面环山，东依龙山，西靠虎山，在中峰笔架山下，役使万民，筑起这座巍峨的陵墓来，风水既好，预卜帝王万世之业。……他不觉自豪起来，掀须微笑。

他又想到自己有时候梦游似的登上"明楼"③，朝南一望：老远地从石牌坊、大宫门、碑亭、龙凤门、七孔桥，进入宽阔的神道，两旁蹲着二十四座石兽，站着十二尊文武功臣，威风凛凛，气象万千。然后经巨大的焚帛炉，来到用六十根楠木大柱支撑的棱恩殿，又崇高，又庄严，显出即使死了的皇帝，仍然是威望无比！

他想到这里，情不自禁地挺起胸膛，得意非凡，从那双细长的、眺望着的龙眼里放出来的两道眼光，逐渐自远而近，出棱恩殿，进

---

① 明成祖。
② 十三陵中最大的一个陵墓。
③ 在墓前起的楼台上，上层作城堞形。

内红门，经由灵星棂门，回到了明楼前面，总是感觉到万分满意。

偏是使他生气的是这几个月来，山区情况大变，日日夜夜喧闹得厉害，竟不让他安然入眠。

他越想越恼火，袍袖一拂，迈着八字步，踱出寝宫来，登上明楼前的高台，抬眼一望，不由得龙心震惊，龙颜失色。但见漫山遍野，到处红旗招展，人声鼎沸，驴马嘶鸣。虽说朱棣也是见过世面的人，可是这样浩浩荡荡的声势，得未曾见。

朱棣不觉倒退了两步，抽了一口冷气，望了望石门山东边的裕陵，转过头来再看了看锦屏山脚下的思陵①，跺跺脚，摇头叹息："不肖的子孙啊！你们这些不肖的子孙啊！"

从山谷口里猛地刮过一阵风来，朱棣打了一个寒噤，定了定神，就召唤守卫在陵前大道两旁的亭长和门长来问个明白。

两个被召见的翁仲②，急匆匆地趋前俯伏阶下，少不得三跪九叩首，齐呼："愿吾皇万岁，万岁，万万岁！"

朱棣厉声喝问道："皇陵是神圣不可侵犯的地区，谁敢在这儿吵吵闹闹，成何体统！你们吃了皇粮，所管何事？"

门长嘀咕了一声："皇粮？又不是皇家自己种出来的，还不是剥削老百姓得来的。况且早给革命革掉了！"

亭长却奏道："陛下息怒，这等事小臣可管不了。"

朱棣不听犹可，一听大怒："岂有此理！这儿是帝王家的陵墓，'明十三陵'历史上早有记载，一草一木也不许乱动。你们不管，谁来管着？"

门长又嘀咕了一声："这原是历史上的事儿，现在还行？"

---

① 裕陵是英宗墓，思陵是怀宗墓。

② 墓前的石像；汉制有门亭长，府门之卒，亭长。

亭长接着奏道：“陛下，如今老百姓当家做主。他们掌握了自己的命运，要怎么干就怎么干。自古说'民为贵，君为轻'，如今可真实现了！陛下不能压制百姓啊。”

门长嘟嘟囔囔的：“谁要反人民，那还了得！”

“废话！——他们究竟要在这儿干什么？”

“陛下，小臣不敢欺蒙皇上，他们要在这儿筑个'十三陵水库'。”

“什么！水库？水库筑到帝王家陵墓地来，岂不坏了风水？你去传旨，命令他们立即停工，不得抗拒！”

“陛下……”亭长抬了一下头，不吱声。

“快说！别吞吞吐吐，有什么说什么。”

“老百姓早合计过了，在这儿筑个水库，就可以灌溉三十万亩地，播小麦，种玉米，栽苹果树，一到夏天，山上山下，山前山后，竖起一片密密层层的青纱帐。从此老百姓春种秋收，秋种春收，年年丰衣足食，生活越过越好，跟从前相比，天差地远。据初步估计，每年光是农产增益就有四百万元，——他们还不干！”

“哼！老百姓真是肆无忌惮，如此大胆妄为。依你们看来，他们能筑得成？”

门长咬了咬嘴唇，才忍住了要笑出来的笑。

亭长又匍匐启奏道：“陛下，这点儿小工程，只有二百一十多万土方，他们不放在眼里。陛下长日高卧寝宫，看不到新鲜事物。小臣站在外头，可听得多啦。如今长江上面架起了大铁桥；秦岭山脉贯穿了隧道；海堤把厦门和大陆连成一片；荆江在拦洪坝面前没法泛滥；淮河早给佛子岭水库管制得服服帖帖；等到三门峡水库筑成以后，黄河也不敢翻身乱滚，永远静静地一股清水向东流……”

亭长一口气奏到这里，声嘶，气喘，停了一停，才又奏道：“就拿这儿附近的永定河来说，它也给官厅水库治服了，乖乖地永远定了下来。想当年皇上要叫它规矩些，可是它怎么也不肯听话，所以就咒骂它'无定河'；可笑后来清圣祖康熙却赐它一个好听名字'永定河'，但是'金口玉言'也毫不灵验。清朝皇帝多么愚蠢啊……"

朱棣一听说"清朝"两个字，怪刺耳的，眉头一皱，脸孔一沉，顿时变色，仿佛是个泄了气的皮球，怒气也平下来了，他一挥手："你不用说这个！"

亭长笑眯眯的，继续奏下去："喏喏，如今老百姓就要修十三陵水库来管住温榆河了。"

朱棣很懊恼："天下如此大乱，你们何不早来奏闻？"

门长又撇了撇嘴，忍住了冷笑。

亭长不慌不忙地奏道："小臣不敢打扰陛下长眠。"

"哦——如今老百姓怎么会有这么大的力量？"

"他们的干劲儿可真不小，能移山倒海呢！"

"谁鼓起他们这股干劲儿来的，其中必有个头儿？你们从实说来！"

亭长拉开嗓门，响亮地回答："那就是老百姓的救星，万民悦服的中国共产党！"

门长在旁边高兴地点了点头。

朱棣半晌没说话。他侧耳细听，良久，才开言道："外头声音挺大，究竟在干些什么事，快去与我看来奏闻。"

亭长从容不迫地奏道："陛下，小臣不必去看，声波早已把耳朵冲击出老茧来了。那是成千上万的人，其中有工人、农民、部队、机关干部、商店职员、大中学生、教师、科学家、作家和艺术家，男男女女，老老少少，一齐动起手来：挖土、挑土、推斗车、赶驴车、填坝基、打桩子，不怕风刮，不怕冰冻，不分昼夜地干，要突破预定计划，提前半年完工。"

"我从声音里听出来，仿佛这些干活的人很快活似的？"

"陛下，他们高兴得在唱歌呢。"

"还唱歌！——唱什么歌？"

"迎春歌，生产跃进歌，劳动幸福歌……"

"真奇怪！"朱棣摸摸额下的三绺长须，细细思量了一番，疑疑惑惑地自言自语："记得我当年下令筑长陵时，老百姓谁都不愿意来。幸得宫中太监出力，手拿大刀阔斧，铁棍钢鞭，寸步不离地日夜监工，他们才愁眉苦脸，勉勉强强地干完了这项工程！——这，这，这究竟是怎么一回事？"

门长暗地里瞪了一下眼睛，又撇了一下嘴，无声地嘀嘀咕咕："哼，你当年筑你的陵墓，老百姓就怨声载道：'十三陵'，陵陵都有三千六百个屈死鬼！"

亭长仰视了半晌，才又说了下去："小臣罪该万死，照实奏来……"

"孤家与你免罪。你奏来！"

"陛下，想当年流尽万民血汗，修筑长陵，为的只是让陛下能在百年之后，安安静静地睡大觉。如今老百姓修水库，是搞大生产，改善生活，子子孙孙享受不尽，那得不边干边唱！常言道：人逢喜事精神爽，谁能够遏止他们从心里头发出来的快乐声音啊？"

"叱！叱！"朱棣怒上心头，"我恨不能再兴几十万'靖难之师'，把这些造反的乱民一鼓荡平！"

亭长心里不以为然，却不敢顶嘴。

门长忍耐不住了，奏道："陛下，如今世道不同，这一套使不得了。如果不信，倒有个现成的例子在这里：从前，蒋介石卖身投靠，恳求美国洋人给他装备了一支机械化军队，冲锋枪、榴弹炮、飞机、坦克，什么都有，集合了六百万大军，他也像陛下那么想法，三个月消灭他们，可是被消灭的就是不得人心的他自己，给打得头破血流，直到如今，还躲在台湾做他'反攻大陆'的迷梦！"

亭长也奏道："这就叫做'顺天者昌，逆天者亡'。这个天，就是老百姓！"

"唉——"朱棣长叹了一声，"罢了，罢了，我看你们两个小子，也和他们一鼻孔出气了。"

"陛下，"门长挺了挺腰板，更加大胆地说开了，"我虽然是个石头人，可是瞧着六亿四千万老百姓，全心全意地搞水利、开荒地、栽树木……人人赤胆忠心地劳动生产的情景，不能不感动。可不是，顽石也要点头哪！别说五百年来我第一次看到，就是陛下熟读史书，恐怕两千多年来的历史上也没记载过这样的盛事吧。"

"唉——"朱棣禁不住又长叹了一声。

亭长也放胆奏道："陛下，如果今晚上外头零上十五六度的天气，不会冻坏皇上金枝玉叶般的身体，就请御驾到山野里去巡视一番吧。那工地上灯明如昼，千盏万盏，布成一片灯海，连天空里的繁星也为之失色，吓得它们不敢眨巴着眼睛。这样伟大的场面，陛下也该去开开眼界，赏识赏识他们劳动的干劲儿。"

朱棣听着他们两个一搭一挡，彼此帮腔，愈说愈不像话，无名火高三千丈，睁圆了一双眼睛，正要大发威势。突然在昭陵①附近东山口，轰起一声巨响，真个是天崩地裂，比那宋徽宗时炮炸两狼关的红夷大炮不知猛烈几千倍，直震得他目瞪口呆，摇摇欲坠。他向东一瞥，红光满天，惊慌得一言不发，双手抱头，急急逃回寝宫去了。只惹得留下来的这两个老头儿相视而笑。

---

①　昭陵是穆宗墓，在大峪山东北。

112

亭长轻松愉快地说："这一声爆破，不知道又削平了哪个山头？"

"不管削去了哪个山头，这一下可叫老封建尝尝革命干劲的味道！"门长指着逐渐消失的朱棣的背影，做了个鬼脸。"哈咦！——"

亭长耸了耸肩膀，也来了一声："哈哎！"然后又点点头，感叹着说："做人嘛，就不是一头猪，谁都该勤勤恳恳地劳动，别想占人家便宜，存心过寄生虫生活是可耻的。我看这个老废物除了长眠之外，可没有别的出路。——谁叫他不肯改过自新，活该！"

"可不是！在五百几十年以后的今天，社会主义的时代，他还想复辟，简直是个糊涂虫！说实话，在被解放了的老百姓面前，区区一个皇帝，顶什么事！那些从炮舰上来的帝国主义强盗，从前曾经横行一时，拆过大沽口炮台，烧过圆明园，抢过皇宫里的金银财宝……无恶不作！可是现在呢，请问他们到哪儿去了？还不是夹着尾巴滚回老巢里了吧！"

"贤弟说得有理。可笑这个老顽固还是头戴平天冠、身穿黄龙袍、腰围玉带、足蹬朝靴，原封不动地站出来。还想摆出一副帝王的架子，看了叫人直打恶心！"

"老兄，你知道这是什么，按现在新的说法：这都是从他思想里头发出来的腐败的臭气，——让他一股脑儿带进楠木棺材里头去吧。"

"对啦！什么皇帝、贵族、地主、官僚、买办，还有帝国主义，这些世界上的渣滓，早晚要一股脑儿送进博物馆里去，正像咱们这个长陵被看做历史上的古迹一样，只让大家来参观参观，多得点儿知识，多受点儿教育。"

"老兄，此言甚是。"门长拍了拍亭长的肩膀。

"贤弟，想来这个老废物不敢再出来了，咱们走吧。——哈哈！"

"走吧。——哈哈！"

落潮先生和涨潮先生

在碧绿的小山顶上，有一座红色的小房子。

在这座小房子的卧室里，有一张又大又阔的床。

在这张又大又阔的床上，躺着三个小孩子。

他们叫做：依依，良良，珊珊。其实，这不是他们真正的名字，可是因为这样容易叫，大家就都这样地叫他们。看来用这样的名字叫他们，他们是挺高兴的。

依依和良良是男孩子。珊珊是小妹妹。他们三个是好伙伴，从小时候起，在一块儿吃，也在一块儿玩，并且在那张又大又阔的床上，并排地挨在一块儿睡。

他们挨次相差两岁。依依八岁，过了暑假就是二年级小学生了。良良六岁，快要升幼儿园大班。珊珊四岁，当然是幼儿园小班啦。

妈妈挺辛苦，每天清早跑进房间里来喊醒他们。她看见他们挤在一块儿，睡得很香，像三只小猫咪挤在温暖的窠里。

依依觉得有个红彤彤的东西要透过他眼皮似的，一骨碌就在那张又大又阔的床上坐了起来，一只手不停地揉着眼睛，一只手推醒了良良。良良推醒了珊珊。

"啊呀！"依依叫着说，"太阳起来了，咱们也起来吧。"

"啊哟！也起来吧。"良良老是学着他哥哥说话。

他们三个就滚到床边，滑落在地板上。

珊珊觉得房子里很静，以为爸爸上工厂去了，妈妈也已经下地去了。"啊唷！时候不早了，早饭一定凉了。"

他们赶快穿起衣服来。依依替良良扣钮子，良良替珊珊扣钮子，珊珊替依依扣钮子。今天他们不用麻烦妈妈，就自己穿戴整齐。

他们跑出房间，轻轻地跨下楼梯，楼下没有一个人。他们就跑到园子里，一看，三只小鸭子也起得很早，张着扁嘴忙碌地在草地上喝露水。

这三只小鸭子：一只是依依养的，一只是良良养的，一只是珊珊养的。

孩子们没事干，就追赶小鸭子玩。

小鸭子逃得很快，而且叫得很响。

依依出了个主意："在这儿吵吵闹闹，不如到海滩去好。"

"好！我们到海滩去。"良良答应着。

"……"珊珊没吱声。她不敢说好，也不敢说不好。如果妈妈知道了是不答应的。不过两个哥哥走了，她也只好跟着他们走。

三个孩子跑下山去，穿过开满红的、黄的、紫的、白的小花朵的青草地，一直跑到沙滩上。沙滩的尽头处是一大片海水。这片海水比草地大得多，清得连水底下的石头都望得见。突出在水面上的几块石头，给海藻缠住了，像一绺绺青的、红的长头发。海水微微地波动着，闪出千万个金色和银色的鳞片来。

孩子们没有妈妈带着，自己跑到海边来，这还是第一次。

他们忽然听到有一个低沉的声音，正在向他们打招呼："唔——亲爱的小朋友，早上好哇！"

孩子们抬头一望，在那靠沙滩的海边上，笔挺地站着一个瘦子，穿着一件青色的游泳衣。

依依、良良和珊珊立刻回答说："谢谢您！您也好吗？"

"唔——我很高兴看到你们，多想念你们！"

孩子们非常奇怪，因为他们不认识这位先生。所以大家你看我，我看你地愣着不说话。

好久好久，依依觉得不能不开口，他是大哥哥，应该先说话。"妈妈常常带我们上这儿来玩，可从来没见到您。"

"唔——那是因为你们来玩的时候，恰巧我不在这儿。"瘦子想了想，又说："唔——你们来的时候，我的哥哥'涨'在这儿。我叫'落'。"

"啊呀！张叔叔……乐叔叔……"依依疑疑惑惑地说。他实在没有听懂这个叔叔说的话。

"唔——我完整的名字叫'落潮'。"

孩子们这一下才听明白了。

落潮先生接下去说："我的哥哥涨潮常常吸引了很多的人。你们知道，大人们都喜欢他，趁他在这儿的时候来。孩子们总是跟着大人们，因此我就很少见到他们，可是我多么想念他们啊！"

他说到这儿，"唉——"叹了一口气，显得更加瘦了。他是真心爱孩子们的。

依依和良良都觉得很过意不去，珊珊连眼圈儿都红了。

"可是小孩子要和大人们一同下水才安全呀。"依依想安慰落潮先生。

"唔——安全！"落潮先生叫了起来。"我一定要说不是。只有我在这儿，鲨鱼才游不进来。你们下水去，水也不会漫过你们的膝盖。这才是真正的安全！"

"落潮先生！"依依很有礼貌地说，"我知道您说得对。这海水多可爱，我们能下去吗？"

落潮先生反问了一句："唔——为什么不能？"

"因为妈妈叮嘱过，她不在，我们就不能下水！"珊珊总是记得妈妈的话，而且听从妈妈的话。

依依和良良点了点头。

落潮先生望了望他们。"如果你们同我一块儿下去，保证安全。"

"那好，我们就下水去！"依依快活地说。

良良紧跟着说："那好，我们就下水去。"

在一分钟里，孩子们准备好了。

落潮先生拉着依依，依依拉着良良，良良拉着珊珊，一步一步小心地，走进起伏不停的小小的波浪中去。

落潮先生是个挺和善的人，他把水里头各种奇怪的、有趣的东西指给他们看。

孩子们在许多礁石中间，看见许多小青蟹爬来爬去，不知道它们在忙着干什么，那横爬的样子很有趣。梭子蟹们都有一对大螯，好像一张弦琴的样子。还有几百只寄居蟹住在抢来的屋子里：有的住在玉黍螺的壳里，有的住在别的美丽的扁圆的壳里，小一些的住在海螂的壳里，大一些的住在海螺的壳里，那就像住在城堡里一样。

落潮先生告诉孩子们说："唔——它们外号叫做'白住房'，长大了，挤得满满的一壳，再也住不下，就搬家了，找另外可以住得下的屋子去。"

珊珊看着，笑着。"多有趣！"

"有趣？"落潮先生眯着眼睛也笑起来，"有一个'小寄居蟹找房子'的故事，那才真有趣呢。"

"啊呀！那么请您就讲。"依依说。

"啊哟！请您就讲。"良良跟着说。

落潮先生带着孩子们，沿着海滩一边走，一边讲故事：

从前有一只小寄居蟹住在海里。它老是担心着。它觉得自

己只有个硬壳脑袋和一对大钳，浑身都是软绵绵的，可是海里的大家伙多，坏家伙也多，总得找一所坚固的房子躲躲才好。

它一摇一摆地走，东张西望，找不到空屋子。

一只大螃蟹爬过来了，一看见小寄居蟹就大声喝道："哼！你配叫做蟹吗。咱们横行将军的族里没有这样的软骨头！"说完，就用大螯钳了它一下。

小寄居蟹痛得眼泪直淌，不敢哭出来。

一只龙虾游过来了，一看见小寄居蟹就冷笑，"哼！你也配叫做蟹吗？看你这副可怜相，横行将军的族里可没有这样的胆小鬼！"

小寄居蟹吓得不敢回嘴。

一只老寄居蟹背着一座像宝塔样的大房子，摇摇摆摆地走过来了，一看见小寄居蟹就教导它说："好孩子，你没有家，到处流浪，就受人欺侮，我带你找房子去。"

它们没走多远，就看见一个蜗牛壳。老寄居蟹叫小寄居蟹先伸一个钳进去探探，要是钳能进去，身子也能进去。

小寄居蟹找到了这所小房子，欢天喜地地住在里头了。

依依说："这个故事好。"

良良也说："这个故事好。"

珊珊高兴得不停地拍着小手。她问："后来小寄居蟹长大了，小房子里住不下怎么办？"

"当然啦，它找个大海螺壳住啦。"依依抢着说。

"当然啦……"良良只说了半句。

落潮先生微微笑着，点了点头。

珊珊老是第一个想起妈妈来。她说："该回家了，妈妈一定把早饭摆在桌子上了。"

落潮先生还是微微笑着，点了点头。

孩子们穿上了衣服，很有礼貌地说声"再见！"

"唔——再见！"落潮先生向他们挥手。"明天再来——记住，比今天迟一个钟头来！"

孩子们在园子门口，又遇见三只小鸭子，望着他们"嘎——嘎！嘎——嘎！"地叫，好像催促他们"快走！快走！"

依依说："小鸭子有浴衣，明天带它们一同去。"

"好，明天带它们一同去。"良良接着说。

可是珊珊不同意。她说："海太大，小鸭子会害怕的。它们年纪小，应当在小池子里玩。"

正当这个时候，妈妈从山路上赶下来了。

"看你们，上哪儿去了？"妈妈有一点儿生气地说，"爸爸早上班去了，早饭都凉了。"

第二天早上，太阳一出来，孩子们就起身了。

依依看了看钟。"啊呀！还早呢，早了一个钟头，怎么办？"

良良难得出个主意，他说："像昨天一样，咱们上园子里赶小鸭子去。"

珊珊添了一句："还给花儿浇水。"

孩子们轻轻下楼，轻轻地开门出去。他们在园子里玩了好一会儿，才望见沙滩上有个人影儿，就拉着手，奔下去了。

"唔——快来看！"落潮先生向他们招招手。"一群小青鱼！"

孩子们赶紧跑过去，一看，浅水里满是小鱼。它们一个衔着一个的尾巴，连成一长串，向前游过去，像孩子们排队做游戏似的。

落潮先生又把海蛳指给他们看。"这些小东西生活在水底下的砂石上，像一丛银色的针似的。它们很友爱，老是团结在一起，几百几千个地聚在一块儿。"

"它们也要搬家吗?"依依想起了昨天看见的寄居蟹。

"对,要搬家吗?"良良也这么问。

"唔——它们难得搬家的,喜欢固定住在一个地方,挤一点儿也不在乎。"落潮先生回答说。

"现在,咱们看看银鱼去。"落潮先生带着他们向前走。

他们走到一处水又浅又暖的地方,看见几百条小银鱼,狭的身体,细的鳞片,嘴大、吻尖。这些亮闪闪的、仿佛透明的小东西,在孩子们的手指和大腿中间穿过来穿过去,引得他们叫起来,笑起来。

落潮先生说:"唔——这些没见识的小东西,可真活泼。不过,咱们再跑过去看看别的。"

孩子们看见那许多水潭里,漂动着狭的和阔的花带子,有青的,有红的,也有黄褐色的。

"啊唷!海里头也有花园,长着树林和青草!"珊珊忍不住叫出来。

落潮先生告诉她:"那花带子叫海带,那阔叶子叫昆布,其实它们是一家人,都是海藻类的东西。"

珊珊睁大了眼睛,她不明白。

落潮先生拉着他们回头走,因为回家去的时候又到了,可是孩子们还不愿意说声"再见!"

"唔——现在该回家了,明天再来玩。"落潮先生送他们跨上沙滩,叮咛他们说:"明天见!——记住,比今天迟一个钟头来!"

下一天,孩子们又热心地去看他们的好朋友了,因为不耐烦等一个钟头,动身得早了些。

奇怪!海水里头站着两个人:一个穿青色游泳衣的瘦子,旁边还站着一个穿黄色游泳衣的胖子，像一个圆木桶。

胖子不像瘦子那么和善，粗脖子上套着一个救生圈，站在水深的地方。瘦子仍旧站在水浅的地方，劝告胖子回到大海里去。

胖子不愿意，和瘦子对立了好一会儿，才不高兴地走了，扑下身体来在海里游泳，做出可怕的怪声，他喷吐着水，掀动着浪，很快地游得不见了。

胖子走了，海水也平静了。

落潮先生这才招招手，欢迎着孩子们下水来。

他说："唔——他就是我的哥哥涨潮。你们今天来得早了一刻钟，所以他还没有走。现在，我们走走看看吧。"

依依看见有一条身体椭圆的、五六寸长的鱼，头小，嘴巴也小，眼睛却大，背部青黑色，肚皮却是白色。他就想捉住它，可是只一眨眼就游得不见了。

落潮先生笑着说："这是一条海鲫！"

良良摸起一个四寸多长的圆形的壳来，很光滑，右壳淡黄，带点儿白色；左壳淡红色，看来很漂亮。他自言自语地说："啊哟！这是什么宝贝？"

落潮先生又笑着说："唔——这是海月的壳，你拿回去当一面小圆镜。"

良良对依依说："哥哥，这个给你。"他总是尊敬他哥哥的，只有在吃东西的时候不肯让步。

依依爱妹妹。他说："你给珊珊吧，这是女孩子玩的东西。"

可是珊珊也在水底下拾起了一个长二三寸的白色的管子，上面有粗线横条，很像竹笋。她说："哥哥送我一个；我也送哥哥一个。"

落潮先生笑着说："唔——这是海笋，壳儿很薄很脆，容易碎掉，你们留神玩。"

依依心里想："我也得在海里头弄个什么东西玩玩才好。"他边走边用心看，看见水底下石头上有个五角形的紫色的活东西，缓缓地爬着。他想伸手捉它，可又不敢。

落潮先生早看见了，说："这是海盘车。它像个星，所以又叫做海星，也叫做星鱼。它有五只腕，拉断了一只，还能长出来。"

孩子们觉得又奇怪又有趣。一会儿，这个海盘车忽然不见了。它的颜色和礁石差不多，再要找到它可就不容易啦。

这时候，落潮先生把一个柔软的、透明的小东西塞给依依。"你瞧，这是什么东西？"

依依放在掌心里看，良良和珊珊也围着看，这个小东西看不出头和脚来，只是亮晃晃的三四分大的一个小圆块。

"唔——有趣哪！"落潮先生眼睛里闪着神秘的光彩。"这叫做海灯。在夜里，它们成群地浮在海面上，放出一点点青色的光来。就像一盏盏小小的灯。"

孩子们听得高兴极了。

依依说："咱们晚上来看。"

良良接着说："好，晚上来看。"

可是珊珊说："妈妈一定不让我们在黑夜里头到海滩上来的。"

落潮先生低着头。"唔——这倒是个困难。不过，你们长大起来会看得到的。"

"我将来要当个红海军！"依依大声说。

"我也要。"良良接着说。

珊珊眨巴着她的大眼睛，没说什么。

时间很快就到了，孩子们只得和落潮先生分手。他们觉得这海滩上一天比一天更好玩，几乎舍不得离开，也忘记肚子饿了。

第四天早晨，妈妈很早很早就到孩子们的房间里去张着胳膊围着他们，亲亲热热地看着他们。

她说："孩子们，我已经知道你们的秘密了。你们每天清早起来，上海滩去玩，还洗海水浴，这是好的。可是你们不和大人一块儿去，是很不安全的。"

"妈妈，我们是安全的，"依依说。"落潮先生和我们在一块儿。"

"谁是落潮先生？"妈妈很奇怪地问。

依依又说："落潮先生是个瘦子，穿着一件青色的游泳衣，他实在是个好人。"

"他是个好人，"良良说。"他使水只浸到我们的膝盖下面。"

"他还伴着我们玩，给我们讲故事。"珊珊添上了一句。

妈妈觉得这件事情很奇怪。"好吧，我和你们一块儿去，我要谢谢他。"

孩子们高兴得跳起来，可是他们就忘记今天要再迟一个钟头去。

依依拉着良良的手，良良拉着珊珊的手，珊珊拉着妈妈的手，一同跑到海滩上去。

奇怪！他们没看见落潮先生，却看见了那个胖子，穿着一件黄色的游泳衣，像一个圆木桶似的，粗脖子上套着一个救生圈。

胖子一看见他们，就哈哈大笑起来，泼弄着、掀动着左面右面的水，波浪涌到沙滩上来，水珠飞溅到妈妈和孩子们的脸上、身上。

妈妈一看这光景，就急急地带着孩子们回去。

在吃早饭的时候，妈妈对孩子们说："我不准你们再去和那个胖子洗澡。虽然他很喜欢你们，可是他的态度我可不喜欢。"

孩子们一齐喊出来："妈妈！他不是我们的好朋友，他不是落潮先生。"

妈妈生气了，不听他们的话，只是重复说了一遍："我不准你们再去和那个胖子洗澡。"

这样地过了十多天。

依依、良良和珊珊老是在草地上不快活地走着，花也无心看了，连小鸭子也不追赶了。他们只呆呆地老远地望着那海滩。

有一天早晨，妈妈决定带孩子们上海滩去。

孩子们比妈妈跑得快，先跑到海滩上，一看，正像他们第一次看见的那样，亲爱的落潮先生，穿着一件青色的游泳衣，微笑地站在海滩旁边。

"啊呀！——啊哟！——啊唷！——"孩子们一齐高兴得喊起来。"亲爱的落潮先生，您好！您回来了？"

他们把上次妈妈带他们来的时候，遇见涨潮先生的事情，告诉给他听。

"唔——亲爱的孩子们，你们多傻哪！"落潮先生听了大笑着说："你们不知道吗？我每天在这儿待十二个钟点，我的哥哥也在这儿待十二个钟点。我们应该好好地工作，我们也要好好地休息。"

"不，我们真的不知道。"依依愣着眼睛说。"请您告诉我们，该怎么样，在什么时候来找您？"

"唔——你们用这个方法计算，"落潮先生很和善地说。"如果今天你们早上七点钟来，那么，明天我要迟五十一分钟来上班，所以每一次我老告诉你们要迟一个钟头来。"

"啊呀！——啊哟！——啊唷！——"孩子们一齐叫起来。"现在我们明白了，我们能够知道什么时候来找您，多好呀！"

这时候，妈妈也跑到沙滩上来了。

"妈妈！"孩子们又一齐叫起来。"您瞧，这位就是我们的好朋友——落潮先生。"

落潮先生向妈妈点点头。

妈妈觉得这个瘦子挺和善，就笑着对孩子们说："如果你们只在

126

落潮先生待在这儿的时候来玩，我想我应该让你们来。"

孩子们听了，快乐得拉起了手，围着落潮先生跳起舞来。

落潮先生为孩子们唱了一个好听的歌，叫做"海的赞歌"。这个歌是难得听到的。落潮先生用丰富的柔和的低音唱的歌，谁听了都会被迷住，永远忘不掉。

　　唔——

　　风啊，你轻轻地吹；

　　浪啊，你轻轻地拍。

　　孩子们，母亲们……一切善良的人。

　　他们干完工作都来海边休息着。

　　你们轻轻地唱吧，唱吧，

　　唱那劳动的歌。

　　唔——

太阳公公和雨婆婆

这一天，依依、良良和珊珊，一同跑到妈妈的房间里。

"啊，妈妈！"依依说："我们玩些什么好？"

妈妈望着他们三张红彤彤的小脸儿，笑笑说："你们想怎么玩？"

依依摊着两只手："我们不知道啊！"

良良添上了这么一句："我们要来问妈妈。"

珊珊说："要是不来问妈妈，我们会闹出乱子来的。"

妈妈点点头，伸出胳膊来，亲亲热热地围住了他们。"那么，让我想一想看。"

依依、良良和珊珊三个一字儿地站在妈妈的面前，用力地点一点头，一声不响地等着，整整地等了一分钟。

妈妈指指窗外。"可不是，园子里，草莓熟了！你们去摘一些来做汤。"

她说着，带他们到厨房里去，替他们找到三只美丽的小篮子，外面涂着好看的漆，黄的一只给依依，白的一只给良良，红的一只给珊珊。

妈妈说："现在你们到园子里去，看谁摘得多。"

依依提着小黄篮子，良良提着小白篮子，珊珊提着小红篮子，排着队走出大门，穿过葡萄架，沿着小石子铺的路，直走到那种满草莓的地方。

草莓长得很好，一行一行地笔直伸展过去。稻草铺在它们的叶子底下，把草莓守卫得很干净，泥土粘不到它们的果实上来。它们大部分已经成熟了，发出令人喜爱的香味。

孩子们高高兴兴地摘起草莓来了。

依依摘第一行。良良摘第二行。珊珊摘第三行。

他们快要动手摘的时候，依依举起了手，随后胳膊一挥，大声喊："现在——一、二、三，开始！"

他们一齐动手，认认真真地摘，谁都想摘得最多，显出自己的能干。

"我们吃了草莓，会不会肚子疼？"珊珊忽然想起去年吃多了草莓肚子疼，就提醒他们一声。

"妈妈说做'草莓汤'喝，放了糖，煮熟煮沸了，那就不会闹肚子疼。"依依很老练地回答他的小妹妹。

良良说："我爱喝草莓汤。妈妈做得挺不错。"

他们摘了一个很长很长的时候，小篮子里盛满了草莓。

依依，这个小队长，他又大声喊："停止！——"

大家就都停手，并且一同分吃着一个大草莓。

珊珊觉得又闷又热，把头发从眼睛面前撩开，松一口气说："啊唷！天气多么热，我希望太阳早点儿落下去！"

"十分抱歉，"有一个深沉的慢吞吞的说话声音，在她的后面发出来，"我希望你不要这样说！"

孩子们吃了一惊，盛满草莓的小篮子几乎从手里头掉下来。他们呆了好一会儿，才放下篮子，转过身来看看是谁在说话。

一个穿着套裤的老头儿，站在那里。他戴着大草帽，像园丁叔叔们戴着的一样。他的脸又圆又红，用一块大印花毛巾揩着额角。他的套裤上有很多小口袋，装着小锄头、小剪刀、小铲子等等东西，还有许多大小不同的刷子。在另外一只口袋里是颜料管子。他的帽檐上有一样奇怪的东西，那是一面又圆又亮的玻璃镜，它的柄直穿过帽带，像一根羽毛样地插在上面。当他的头摇动时，这块玻璃就闪闪地射出光来。

"你们好啊，"这个老头儿说，他发出洪亮的声音。"为什么你们呆呆地看我？"

"啊呀！请您原谅我们，"依依很有礼貌地说，"我们不知道您站在那儿。"

"假使您打个喷嚏，或者哼一声，我们知道后面有人，就会说'您好吗'了！"良良接着说。

"您把名字告诉我们，"珊珊也说，"我们现在就会说：'老公公，您好吗？'"

这个老头儿真的在鼻子里哼了一声，却弯下腰去继续做他的工作。

孩子们用心地看了几分钟，看不懂他干的是什么活。

老头儿摸出一管红的颜料，挤出一小滴，放在他的刷子上，然后在草莓的顶上涂颜色，帽子上的光也跟着照了过去。他的工作做得很扎实，也很细致。不过，他虽然把每一个果实涂上颜色，看起来却并不比以前红得多，新鲜得多。这是很奇怪的事情。

"老公公！"依依说，"您肯不肯告诉我们，您是什么人？您干的是什么活儿？"

老头儿直起腰来，停了好一会儿，才开口说："我要告诉你们，可是你们别催促我！"

孩子们只好耐心地站着，直等到他再开口说话。

"我是太阳，"他说，"我现在正在做园艺工作。你们没看见我很忙碌地把红颜色涂在草莓上面吗？"

依依疑惑地说："可是您的颜色一点儿不好，不能够把它们涂得更红一些吗？"

"时候还没有到！"太阳公公回答说，"别催促我！"

"为什么不能催促您？"良良问。"妈妈常催促我们睡午觉。"

"你们别催促我！"太阳公公回答说，"再隔几天，它们才会红起来——像熟透了的草莓一般的红！"

"啊呀！您的工作多么古怪呀！"珊珊说。"您只能替草莓上颜色吗？"

"不。"太阳公公回答说。"我能够给一切花草树木上颜色，并且使他们生长。"

依依问："您怎么能够给它们都上颜色，都使它们生长？"

"有许多东西，生长在地面下，"太阳公公解释着说，"譬如萝卜，我就用紫色的针刺入地面，把颜色注射在萝卜上面。春天来的时候，甘薯要生长了，如果在地窖里，没有谁把这可怜的东西带到园子里来，它的叶子会完全苍白的！——"

依依高叫出来："啊呀！我们有许多甘薯，放在厨房的地窖里。现在就请你试验，好不好？"

良良接着说："我跑回家去拿来，您能把它们变绿吗？"

太阳公公回答说："别催促我！大约隔两天光景，你们就可以看见那上面起了许多的变化。"

"啊唷！那多厌烦啊！"珊珊失望地说。"您想这样不是太慢了吗？"

太阳公公回答说："你们不能催促我！你们可以要求我为你们做些什么事——但是催促我——不能！"

"啊唷！这个涂颜色的工作多么有趣！"珊珊说。"可以让我们再看一会儿吗？"

"当然可以。"太阳公公回答说，"你们跟在我身边，并且看着我

做。可别催促我！"

太阳公公做了许多有趣的事情。他把红和黄的颜色混合着，涂在石榴花的瓣上；再用淡紫色和蓝色涂在豌豆花上；用青的颜色涂在蔬菜上。他又拿出很大一块绿的颜色，用一根小皮带管装上了，喷着草，喷着树和叶。他喷得这样好，看上去一片绿油油的。

依依问："您为什么把许多草和树叶都喷做绿颜色呢？"

"对啊——您为什么不把树和草都涂上红颜色，那才漂亮呢！"良良也问。

"不错，这里有这么多的绿树，这么多的绿草，"太阳公公回答着。"可是绿的颜色，对于你们的眼睛是挺舒服的。如果树和草换上随便哪一种颜色，只要不是绿的，那么，你们的眼睛很快就会觉得疲倦了！"

珊珊问："您除开上颜色以外，还做旁的事吗？"

"啊，还有，还有，多着呢！"太阳公公说，"我弄松泥土，好让植物从地下长出来。我融化雪和冰，好让农民们在田里播下种子；如果夏天没有我，雪和冰会仍旧堆在这儿的！——"

依依问："请告诉我们，您怎么样融化雪的？"

"啊！现在你们问的事情可有趣了，"太阳公公边笑，边回答，"我用取火镜做这个工作。"

太阳公公说着，脱下帽子，从帽带上摘下那面亮晃晃的镜子。

"我从这面镜子里望出去，望得很久，也望得很辛苦，过了一些时候，雪就不见了！"太阳公公说。

"啊哟！多么奇怪的事情！"良良喊着，"我愿意现在就下雪，这样，我们就可以看到您做这个工作了！"

"好，别催促我！"太阳公公说，"我把这个工作做给你们看——不用雪，水也行。"

"啊唷！那太好了！"珊珊说，"请做给我们看，太阳公公，我们答应耐性地等待着。"

太阳公公带着他们，在种着玫瑰的两行矮篱中间的小路上走着，一直走到园子尽头的小河旁边。

太阳公公把取火镜照在水面上。孩子们很有耐性地蹲着看，但是他们什么也没看到。

最后，依依忍不住说话了，良良也说话了，珊珊也说话了。

"当然，当然，你们不能看到什么，"太阳公公回答说。"我正在把水蒸发成气。别催促我！等一会儿，你们就能看见天空里有一片云。云是水蒸气凝结成的。"

"啊哟！不论什么时候，我们都不能看见您做的事吗？"良良问。

太阳公公抬起了头，回答说，"现在你们看天上吧！"

孩子们抬头一望，一片可爱的小白云，正浮在他们头顶上的天空里。

"啊唷！您还能够做别的事吗？"珊珊喊着。"啊，老公公！请做给我们看。"

太阳公公是个和善的人，就把所做的许多事情告诉他们：他校正人们的钟；他帮助水手认识方向，把舵驶船；他发出光和热来，好让全世界的人工作，如果少发一点，或者多发一点，早一点，或者晚一点，就会有许多惊险的事情发生了；他杀死空气中的细菌；他告诉小鸟和小鸡们早晨起来，晚上回到窠里、栅里去睡觉，这也是许多有趣的工作中的一件小事情。

最后，他说："你们现在正和我在一块玩，我使你们的双颊红润，并且在你们鼻子上点着雀斑。我常常爱把雀斑点在孩子们的鼻子上。我喜欢他们。他们也喜欢我。"

依依说："但是，我们没有雀斑！"

太阳公公眯着眼睛，笑着说："明天早晨，你照照镜子，就看见有雀斑了。你们都有三颗，是我现在放上去的，明天都要显出来了。可是不要催促我！一点儿不会错的！"

听太阳公公说他所做的工作，都是一些挺有趣的事情，可是孩子们最喜欢看的是把水变做云，飘荡在天空里。他们要他做了再做，他老是听从他们，他是世界上最热心的人。

太阳公公能够从随便什么地方弄水来：从潮湿的地面，从水潭里，从小沟里，或者从一口小锅里（那水是妈妈留给小鸡喝的），他把它们全变做可爱的白云。

孩子们越看越喜欢。许多小片的云拥挤着，追逐着，渐渐地变厚了，聚在一块儿，联合成大片的云，慢慢地飘过天空。

云很会耍花样：第一分钟看时，像一只熊；第二分钟看时，像一群羊；再过一分钟看时，像一座城堡；再看时，什么都不像了，只是一块很大很大的羊毛毯子罢了。

"啊呀！——啊哟！——啊唷！——做得更多些！做得更多些！"孩子们齐声喊着，一边替太阳公公弄水来，还拉了他跑下海滩去。

太阳公公蒸发海洋里的水，容易得像蒸发小锅里的水一样。

最后，天上有许许多多的云了，他们才回到园子里去。这时候，太阳公公皱起眉头，露出很不安的样子。

"做了那么多云，就麻烦了，他们常常会把我赶走的！雨婆婆就常常用它们来下雨。我该走了！"

"啊呀！——啊哟！——啊唷！——太阳公公，不要走，"孩子们恳求着他，"让我们再多玩一会儿。"

他们沿着小石子铺的路走回去。

太阳公公把取火镜插在帽子上，回头来看看云，显出很烦恼的样子，说话的声音变得低哑了，脸色也变得苍白了。

"啊！"他说："我不得不走了。雨婆婆要来了，我不喜欢有人催促我，只有她一个不客气地赶走我！"

孩子们正在恳求他不要走，突然地，看不见他了。抬起头来看看，云都聚拢来，天空变得灰溜溜的。

珊珊伸出手来，一滴雨水正打在她的小手掌上。

"啊唷！我们该走了。"这个聪明的小女孩说，"我们快进屋子去，下雨了！"

这样，依依拉着良良的手，良良拉着珊珊的手，向屋子里快跑。

当他们差不多快要跑进门时，遇见一个老妇人，身体长长的，跑起路来很轻快。她披着灰色的雨衣，戴着灰色的雨帽，穿着长筒橡胶靴，全身只有脸和手没有罩盖，拿着大喷壶，到处喷水。她看见了孩子们，就拦住他们。

"啊，亲爱的孩子们！"她说着，摇摇她的手，声音十分清脆，"我来了，你们不要跑到屋子里去。"

"啊呀！您是谁？"依依问。他是最大的一个，并且第一句话总是这样地问。

"我是雨。"这个老妇人说。

"您好，雨婆婆！"孩子们很有礼貌地说，"现在我们要到屋子里去了。"

"我知道，你们的妈妈常常对你们说：'雨来时，赶紧进来！'她说过这句话的。其实，你们认识了我，就一点儿不用怕我。——你们不喜欢我。——我看得出来的。啊，亲爱的孩子们！"

雨婆婆很忧愁的样子。

"啊呀！我们不是不喜欢您，不过您不论什么时候来，总把雨也带来，我们就只得跑进屋子里去。"依依说话时，十分斯文，怕雨婆婆会不高兴。

"那是的。现在你们能够站一会儿吗？"雨婆婆低声恳求着。"让你们看看我是一个怎样快活的人，那时候，你们就明白我了。"

依依看看他的弟弟和妹妹。"你们说好吗？"

"啊哟！她要做游戏给我们看！"良良说。

"啊唷！我们应当先把草莓藏好。"珊珊说。这个小姑娘很懂事，常常留心着周围的事情。

这样，依依、良良和珊珊把装草莓的篮子放在走廊的台阶上，那儿可以不给雨水打湿，然后再跑回到雨婆婆那里。

"你们好！"雨婆婆喊着。"跑过来！脱去你们的鞋子和袜子，我已经把地面弄软了，可以让你们赤着脚走。"

孩子们很高兴地听从了她。

雨婆婆拿起大水壶，把整个花园都浇湿了，所以这个园子很美妙，很柔和，现出一片蓝黑色。

孩子们赤着脚，一步步跨出来，泥土挤到他们的脚趾里去，很凉快。

雨婆婆把喷壶高高地挂在树枝上，她带着孩子们在树下面玩，雨水轻轻细细地洒在他们身上。

"太阳公公是一个好园丁。哦，他很好，很好，所以我没有赶走他。"雨婆婆说，"但是他的工作不能单干。如果不合作，没有我，他的工作是没有用的；我没有他，我的工作也是没有用的！"

她指给孩子们看，所有的花，当太阳公公在这儿时，都垂头丧气似的，现在它们抬起头，伸直腰，脸也新鲜了。她指给他们看，原来干燥破裂的地面，现在已经变得又松又软了。她指给他们看，那些又圆又胖的虫，蠕动身子，钻出洞来。她指给他们看，那蜗牛，从它们的屋子里伸出银色的头来喝水滴。她还告诉他们，那大蛤蟆，要保护它们，让它们吃掉伤害植物的虫。

太阳公公和雨婆婆

雨婆婆又带他们去看雨蛙。它们坐在树上，在雨里头唱歌。它们绿色的褐色的背，这种颜色和树枝很难辨别出来。

雨婆婆忽然自言自语着："可怜！可怜！这个园子多么口渴呀！幸亏我来了，使用许多云，下一场小雨，这个园子重新滋润起来。有时候，太阳公公把水蒸发得太多了。"

真的，这园子似乎十分欢迎她，所有的树微微地颤动着它们的叶子，表示它们是怎样地快乐。鸭子们高声地叫，拍着翅膀，到小河里去游泳。它们在雨里头是出色的活动家。

孩子们也很快乐，园子里这样的清香，以前从来没有闻到过。

雨婆婆还在不停地喷水，她要灌满一个新的水潭。

突然地，妈妈从玫瑰矮篱中间的小路上奔过来，她撑着一柄大雨伞，挟着三双橡胶鞋，气喘喘的，跑得真够呛。

妈妈说："孩子们，你们受凉了吧？"

妈妈用一柄大雨伞把三个孩子遮起来，在他们赤裸裸的小脚上套了橡胶鞋。

"现在你们跑进屋子里头去！"妈妈喊着，催促着，撑着柄大雨伞遮着他们。

"好像一只老母鸡，带着三只小鸡儿，急急地走进屋子里去了——她不喜欢潮湿！"雨婆婆又是自言自语着。

妈妈在门廊里面找到了孩子们的鞋子、袜子，还有三只盛满草莓的小篮子，一起拿到屋子里去。她把孩子们带到房间里，脱去了他们的湿衣服，用大毛巾把他们身上擦干，擦红了，才给他们穿上干衣服。

妈妈先听依依说话，然后再听良良说话，最后再听珊珊说话。

"但是，孩子们，"妈妈说，"我叫你们进来是对的。告诉你们：下雨时不应当站在雨里头；如果你们有雨衣雨帽和橡胶鞋，并且不觉得冷，你们就可以在门外面站一会儿；如果觉得冷了，就得进来，不然会伤风感冒的。下次要记牢！现在你们该休息。"

"我们知道了！"孩子们立刻答应着。

妈妈走开了，孩子们跑到窗边去，一看雨婆婆还待在园子里。

"跑出来呀！"她向他们招招手。"啊，亲爱的孩子们，跑出来呀！"

"啊呀！我们不能够，"依依摇摇头。"我们已经答应妈妈了，在房间里休息。"

"下次您来的时候，我们再跑出来。"良良说。

"请告诉我们，让我们知道您在什么时候来。"珊珊说，"这样，我们就能预先穿上雨衣、橡胶鞋，和您一块儿玩。"

"这是很容易告诉你们的，"雨婆婆说。"燕子知道，我要来的时候，它们飞得很低。你们看到烟囱里的烟升不高，那也是我要来的时候。还得留神那天空中的云大片大片地聚拢来，我马上就要来了。当你们听到雨蛙在唱歌的时候，你们一定能见到我了……"

"啊呀！——啊哟！——啊唷！——让我们牢牢地记着！"孩子们异口同声地说。

妈妈端着盘子跑进堂屋里来了。

"来！"她说，"你们看看吧，给你们端些什么来了。"

那盘子里三块面饼，还有孩子们自己摘下的草莓做的三碗汤。那汤里有他们的劳动，更加甜、更加香。

风孩子

　　有一个下午，妈妈要去出席一个宴会。她匆匆忙忙地安排孩子们睡午觉。

　　她第一个让依依洗澡，因为他是三个孩子中最大的一个。她正烦恼着，不，她急着要快一点走，只让依依洗了五分钟就完事。

　　她第二个替良良洗澡。她不让他拿海绵当船玩；她更不让他装鲸鱼，用嘴在浴盆里喷水。她说："今天没有工夫玩鲸鱼的把戏！"急急促促地把他的脸擦得通红，还用大毛巾擦干了他的身体。

　　她最后给珊珊洗澡。珊珊是最小的一个，也是最听话的一个，耐心地等到末一个才轮着她。妈妈把肥皂水弄进她眼睛里了，她只挤一挤眼说："妈妈！您小心点儿！"

　　一会儿，妈妈替他们洗完了澡，就把一件白汗衫套在依依的身上，一件蓝汗衫套在良良的身上，一件漂亮的绿地印红花的汗衫套在珊珊的身上。

　　"现在，大家上床去。"妈妈说，"这是休息的时候，你们该睡午觉了！"

　　孩子们爬上那张又大又阔的床。珊珊睡在里面，因为她是个小女孩；良良睡在中间；依依睡在外面，因为他是个最大的男孩子。

　　"现在，"妈妈又说，"我把窗帘拉下来，你们一定要在五分钟内睡着！"

　　她边说边拉下了窗帘，匆匆忙忙地走出了房间。

孩子们老睡不着觉，他们很想跟妈妈一同去出席宴会。但是他们不能够，所以决定自己也来开一个。

依依说："让我们起来学妈妈在宴会上吃东西。"

"让我们来学。"良良说。"不过，我们要先穿上衣服。"

"对呀！——我来替你扣纽子。你替依哥扣纽子。依哥替我扣纽子！"珊珊说。

他们都跳下床来。第一个是依依，第二个是良良，第三个是珊珊。他们穿好了衣服，从架子上拿下布娃娃和小木偶，小碗和小碟子来，放在一张小方桌上。正要开始做游戏的时候，忽然听到一种奇怪的声音。似乎有人在窗外面推动窗子，还发出叹气的声音。

"呜！——噫！——"窗子咯咯地响个不停。

"啊呀！是谁？"依依叫着说。"他想做什么？"

良良说："他想跑进来！"

"他是个什么人？"珊珊有点儿害怕。

"我想他是个不快活的人！"依依说着，皱一皱眉头。

良良说："我们跑过去，看看谁站在窗外面。"

于是，依依拉着良良的手，良良拉着珊珊的手，一齐跑到窗子旁边去。

窗帘上晃动着一个黑影子。

孩子们一拉开窗帘，就看见一个从来没见过面的男孩儿。他摇摆着身子，从这边到那边，头上裹着头巾，巾尾还在风里头拂拂地飘动。

"呜！——噫！——让我进来吧！"这个男孩儿恳求着说，正像孩子们向妈妈诉苦的时候发出来的声音一样。

珊珊忍不住叫出来："啊唷！让他进来吧。这个可怜的小哥儿！"

孩子们就一同用力把窗子打开，像眨一眨眼睛那么快，这个陌生的孩子突然地窜进来了。——在这世界上，看来比他跑得更快的不太多了。

他是一个长得很结实的孩子，穿着一身宽大的衣服，像一直在风里头飘着，幸亏有一条阔带子束在腰间，否则衣服会给吹掉的。带子上挂着许多在晃动着的奇异有趣的东西。只一秒钟，他已经跑遍了整个房间。他极快极快地旋转着身子，像个小陀螺一样，宽大的袖子拂击着房间里的东西：打翻了装着痱子粉的纸匣子，扫去了晾在椅子背上的毛巾，吹落了书架上放的图画故事书，翻倒了桌子上的布娃娃、小木偶、小瓶子……乒乒乓乓的，弄得房间里乱七八糟。

他旋转了一会儿，低声地自言自语着，"呜哩呜哩"地听不出他在说什么话。

忽然他笑了起来。

"嘻！——呼！——你们把我关在屋子外面是什么意思？"他问。"你们午睡的时候，也不应该把我关在外面！你们多傻！嘻！——呼！——"

"啊呀！对不起，好朋友！"依依很有礼貌地说。"我们可不知道您在外面啊！请您原谅我们。您叫什么名字？"

"当然啦，你们年纪小，还不知道。嘻！——呼！——我就是风孩子。"这位陌生的小客人接着说："现在你们该知道啦，不论什么时候，不要睡在我不能进去的房间里。"

"啊哟！我们很抱歉！朋友，您好？"良良说，"我猜想，您是说我们睡觉时应该有新鲜空气！"

"就是那样的东西！对，你这个聪明的小家伙，就是那样的东西！"风孩子点着头说。"名称不同，其实一样！"

珊珊说："啊唷！我们以前不懂得呀！"

"是啊，现在你们可以学习学习！"风孩子说。"你们应该懂得卫生常识。"

他鼓起了颊，"噗！——"

不得了，墙上钉着的许多画片，像落叶样地一片一片飘下来，钉子也像雨点般稀里哗啦地落到地板上。

"啊呀！请您不要这样！"依依喊着。

"啊哟，请坐，请坐，好好地。我们欢迎您！"良良说。

"啊唷，我们很高兴，今天认识了您。请您像在自己的家里一样。"珊珊说。

风孩子这才安静，就在窗槛上坐下来——其实，不能说他坐在那里，他没有一分钟真正的安静。但是他给孩子们一个机会，让他们可以仔仔细细地看看他。

他全身穿戴得很奇怪，也很有趣。在那条阔带子上：挂着一架小风箱，正像妈妈惯常用手拉的那只风箱，还挂着一把小蒲扇，一个小匣子，一管小笛子，一只山羊角。肩头上耷拉着一只布袋，袋里面好像藏着一个什么柔软的东西。背后挂着一个奇形怪状的水壶，有时候发出一大响，咕！——有时候发出一小响，吱！——在他左边胳膊下面，挟着一只像小狗样的东西。它很不安静，时刻时刻挣扎着，风孩子给它麻烦得不时要去抚摸它。

"啊唷，"珊珊怯生生地说，"不要让它跑出来！它会咬人吗？它可有牙齿？"

"当然有的啰！嘻！——呼！——"风孩子眨着眼睛笑。"它就是有名的'暴风'——你们曾经听到过暴风的叫喊吗？哗啦！——哗啦！——"

"啊唷，我听见过。"珊珊说。"但是它不会在这个下午跑出来吗？"

"没有这回事！"风孩子说。"谁听说过在一个晴朗的日子里，会刮起暴风来呢？"

孩子们知道这条恶狗不会伤害他们，才放心向前走了一步，靠拢到风孩子身边去。

依依一开始就注意到风孩子身上的那条阔带子。"好朋友，请问您，这是什么东西？"

"这是我束的带。"风孩子回答说，"你们没听说过'五带'吗？"

珊珊抢着说："啊唷，我，我听说过。"

"这中间的一格，"风孩子说，"就是'热带'。如果你们细细地看，就能够看出那上面画着许许多多的东西来。"

于是，依依细细地看着，良良细细地看着，珊珊也细细地看着。

他们看见在"热带"上有快乐的鹦鹉和猴子，凶猛的老虎和狮子，还有大象和犀牛；高大的棕榈树和椰子树，奇异的花草和蓝色的波浪；在那里还有长得很强壮的黑人，他们勤勤恳恳地干活。……

"啊呀！多么好看呀！"依依说。

"还有哩。你们再看看吧！"风孩子说。"靠中间旁边的两格是'北温带'和'南温带'。你们从头看起，好好地看看它们！"

孩子们就睁大了眼睛看着。

这两带虽然没有热带那么亮，却很美。也有许多动物：马、牛、猪、羊、骆驼、鸡、鸭等等，奇怪的是袋鼠，胸脯上有个袋，住在袋里头的小袋鼠就是它们的儿子。还有高高的积雪的山，奔腾汹涌的河流，大草原，大森林，虽然也有沙漠，可是大部分田地都很肥沃，长着很茂盛的庄稼。男男女女都在劳动着。

孩子们又看着靠边的两条格。

"上面的是'北寒带'，"风孩子说。"有冰砖造的房子，住着因

风孩子

145

纽特人。他们用鹿拖着雪橇在冰天雪地里走。那里就没有你们平时看到的树木和花草了。下面的'南寒带'上，有成群的、长得像小绅士模样的企鹅。"

"啊唷，您这条阔带子真棒！"珊珊称赞着说。"这布袋里装的是什么东西？"

"那是微风兄弟俩。"风孩子说。"一个叫'陆风'，我在黑夜里把它放到陆地上来；在白天，放出另外一个叫'海风'的到海面上去。人们都喜欢它们。"

依依指着奇怪的水壶问："那么，这个响个不停的是什么？"

"别碰它！别碰它！"风孩子拦阻着说。"里头关着台风兄弟们，其中最大的一个是'十二级'。它们是最麻烦的风，我不得不把它们关起来。别碰它！如果它们偷跑出来——只要跑出一个'十级'的来，它每秒钟跑三十米，就能够刮倒房子！拔起树木！打翻海洋里的船！"

"啊哟！别碰它，依哥！"良良吃惊地叫出来，拉住依依的手。

孩子们呆了好一会儿。

后来珊珊才指着小蒲扇问："这是什么？"

风孩子向她和善地微笑。"这是'南风'。我用它吹送雨和露水，使植物抽芽、长叶、开花、结果；叫太阳出来，照亮这个世界。当我使用这把扇子的时候，常常在美好又温暖的日子里。"

孩子们听了很快活，请风孩子再讲一讲其他的东西。

"好吧，"风孩子说，"我先讲风箱，这是'北风'。我用它下雪、结冰，冻死田野里的害虫。我用它使人们穿上棉衣，翻起他们的领子，遮住耳朵。这个雕花的匣子是'西风'，里面装满了冷空气，我用它来赶走雨，吹落树叶子。……"

依依又伸出一个手指头来，指着那管小笛子，但是风孩子又急急地拦阻他。

"别触着它！"他说。"这管笛子是'东风'，里头装满了云。这个下午我们不要下什么雨。"

良良忍不住问了："您挂的那只山羊角有什么用呢？"

"当然也有用。它也可以吹出风来。"风孩子骄傲地说，"我在白天把它吹低一些，就是'谷风'；在夜里吹响一些，就是'山风'。"

"您这许多东西都是风，"依依说，"那么，您用一种东西就够了，挂这么多不累死了吗？"

"其实它们都是同样的风，"风孩子说，"但是大小强弱不同，人们喜欢用不同的名字称呼它们。"

良良也问："啊哟！您要这么多东西干吗？"

"呸！"风孩子哈出一口气，几乎把他们都吹倒了。"我干的活儿真多，你们还知道不了一半！我吹着风车，转动风磨。我吹满了游艇上美丽的小白帆，也吹满了货船上一张又一张的大风帆，让它们飞快地在江上航行，载运货物，从这地方到那地方。我摇动庄稼、果树、花草，帮助它们传播花粉，让它们开花结果；还带走它们的种子，撒播到遥远的地方去。我帮助鸟儿飞。我让烟囱吸气；让火燃烧着。我指示风向标。还有——许许多多别的事情！"

"啊唷！——"珊珊想了一想，问，"您不休息一下吗？"她常常关心着别人。

"啊，是的，只有在'赤道无风带'，我才休息。"风孩子回答说，"虽然如此，我在这个辽阔广大的世界上旅行，实在是一种挺快活的游戏——"

风孩子突然想到了什么好主意，眨了眨眼睛，大笑一声："啊！——哈！——"

他说："现在你们跟我到外面去，咱们做快活的游戏！"

"啊哟！我们可不能这样做！"良良叫出来，"妈妈临走的时候，叮嘱我们睡午觉。我们不听话就会挨打！"

依依接着说："不过我们还没有——但是妈妈说过的，总有一天，她不得不生气了打我们！"

"挨打？"风孩子说，"不论什么地方，不论什么时候，我也会打人的！"

"啊唷！别放狗出来！"珊珊惊慌地喊着，"我们去，我们就去！"

于是，风孩子拉着依依的手，依依拉着良良的手，良良拉着珊珊的手，一块儿走下楼梯，穿过门廊。当他们走出大门时，门帘轻轻地飘荡着。当他们走下小山坡时，两旁的石榴花、紫丁香花都点着头。

他们穿过果园，看见许多可爱的红玉苹果挂在最高的树枝上。

"爱吃苹果吗？"风孩子调皮地笑了一笑。

孩子们齐声说："啊，苹果是果园的，不吃！不吃！"

"嘻！——呼！——"风孩子喊了一声，三只苹果掉下来，都在草地上打滚，一只给依依，一只给良良，一只给珊珊。

孩子们把苹果交给看果园的叔叔。他们来到牧场上，看见一个农民伯伯正在那里堆积干草。

"嘻！——呼！——"风孩子又喊了一声，许许多多干草就从农民伯伯的齿耙上飞起来，有半天高，像一阵黄雨落下来。

"啊唷！那不好，请您别这么做！"珊珊对风孩子说，"农民伯伯太辛苦了啊。"

风孩子一边大笑，"啊！——哈！——"一边快跑。

他们走到一个小池子旁边。池里头有三只小鸭子跟一只母鸭在一块儿游泳。风孩子对着它们"噗——"一口气，直把它们送到池塘的老远的那一边。

现在，他们走到了胡同里，遇见一个厨师，正在把炉灰倒在垃圾桶里，好让清洁工人运走。

"嘻！——呼！——"风孩子又恶作剧地喊了一声，吹起一股灰土，正盖在厨师雪白的帽子上。

"啊唷！那不好，请您别这么做！"珊珊又对风孩子说，"厨师伯伯是个好人，您弄脏了他的帽子。"

这回风孩子嬉皮笑脸地，没说话。

后来，他们走到大街上，人们都在匆匆忙忙地走着。

"哗！——啦！——"风孩子又大喊了一声。立刻，人们头上的帽子都飞走了。报摊上的报纸在街心里乱跑，它们好像生了脚。警察赶紧戴上了挡风眼镜，还按一按他头上的帽子。有人牵着马走过，马低下了它的头，用它的尾巴拂拭它的身体。那个卖气球的，吃力地抓住了缚紧气球的线，好久不敢放松。一个姑娘不得不用力把她的那柄粉红色的伞翻转过来。只有架在空中的电线，写写意意地呜呜地唱着它的歌。

风孩子虽然这么顽皮，可是除了孩子们以外，似乎没有人能够看见他，所以他更加爱捣蛋。

孩子们却有点儿后悔和这个小淘气在一块儿玩。

正在这个时候，妈妈回来了。

妈妈一看见孩子们没睡午觉，反而在大街上溜溜达达，是怎样地生气啊！她一只手拉住了依依，另一只手拉住了良良，还有珊珊。

"妈妈！我们跟你回家去。"孩子们说。

"可恶！我要给她一点儿麻烦！"风孩子自言自语地说着，就"嘻！——呼！——"地喊了一声，把妈妈头上一条美丽的头巾吹走了。

但是依依、良良和珊珊都是真正的好孩子，他们觉得这样做，对不起妈妈，就请风孩子把头巾还给妈妈。

奇怪！头巾一下子吹回来了。

"请你们记住，要让妈妈知道，即使在睡午觉的时候，也让我到你们房间里来！"风孩子悄悄地说着，就走了。

孩子们点点头答应着，一边替妈妈捡起了头巾。

也真奇怪！头巾没一点儿尘土，没一点肮脏。

孩子们跟着妈妈回到家里，站在妈妈的面前。

妈妈和和气气地说："我的孩子们，你们要说些什么？"

"妈妈，您关着气窗就走了。"依依说。

"妈妈，我们就睡不着觉。"良良接着说。

"妈妈！要打开气窗让新鲜空气进来！"珊珊说。

妈妈伸出胳膊，把他们每一个搂了一下，这就使他们觉得又快乐，又害臊。

"下一次忘记开气窗，就告诉我，"妈妈说，"现在你们到草地上去散散步，一会儿就回来吃好东西。"

你们猜，怎么着？妈妈会在去宴会时忘记打开气窗，但是她不会在宴会上忘记孩子们爱吃蛋糕，回来时就上百货公司去为孩子们买了三块蛋糕，上面涂着淡黄色的奶油——一块给依依，一块给良良，一块给珊珊。

夜姑娘和白昼哥哥

　　秋天的黄昏，天空荡漾着一片晚霞。它多么美丽，多会变化：一会儿红艳艳的，一会儿紫微微的，一会儿黄澄澄的，慢慢地就暗下来了。

　　妈妈把挂在那张又大又阔的床上的帐子，放了下来，她已经为孩子们准备好睡觉了。

　　这三个孩子，在下午已经睡过午觉。此刻妈妈却又要叫他们刷好牙齿，漱过口，就披上寝衣。但是他们现在很清醒，再也不想睡觉。

　　有一件事情使他们挂记着，因为他们听到叫"卖爆玉蜀黍"的人来了。

　　这个卖爆玉蜀黍的人，有一辆雪白的送货车，上面漆着红色的字。还有一匹雪白的马，拖着这辆送货车。自己也穿着一件雪白的罩衫。大家老是看见他卖出挺好吃的一包又一包的爆玉蜀黍。

　　卖爆玉蜀黍的人来的时候，他那匹雪白的马的脖子上，挂着一串铜铃，所以老远就能够听到铃声一路响过来。他走过这座小山上的红色的小房子时，常常是在下午。但是今天恐怕有什么事情耽搁了他，所以当孩子们听到铃声远远地响过来时，天快要黑了。

　　他们现在早已穿上了寝衣，不能再向妈妈讨了钱，跑下去，买爆玉蜀黍吃了。

　　"啊呀！啊呀！"依依说。

"我要一包雪白的纸包的爆玉蜀黍！"良良说。

"我要一包大红的纸包的爆玉蜀黍！"珊珊说。

"我要一包金黄的纸包的爆玉蜀黍！"依依说。

可是妈妈说："你们别多说话了！快睡觉吧。"

她就催促着他们一个又一个地爬上了那张又大又阔的床，替他们盖好了被，还拿走了灯，走出房门去。

"啊呀！不要拿走灯！妈妈！"依依叫起来。

"妈妈，请把灯留下！"珊珊说。她常常是一个很有礼貌的小女孩子。

"我最恨的是黑夜！"良良喊着。

"别胡说！"妈妈说。"灯放在房间里，睡不着觉的！"

妈妈仍旧拿走了灯，并且把房门关上。

孩子们躺在黑房子里，听到卖爆玉蜀黍的人，正在大门外面，停住了他的马。后来他们又听到他动身了，那铜铃"丁零零！丁零零"的声音，一点儿一点儿低下来，最后听不到了。

依依说："啊呀！啊呀！完了！完了！"

"我也是这么样想！"珊珊说。

"我恨黑夜！"良良说。

忽然依依一骨碌翻身坐起来，向四周望了望。

"怎么，夜不完全黑！"依依觉得奇怪起来。"谁拿着灯在房间里走动呢？"

良良听到这么说，也坐了起来。"谁在房间里走动呢？"

珊珊呢，也跟着坐了起来。

三个孩子在黑暗里睁大了眼睛，奇怪地看着那一点儿淡淡的银色的光，晃来晃去。他们抬头往远处看，月亮正在开着的窗子旁边，望过去好像挂在房子旁边的那棵大银杏树上。

"啊呀！谁到这房间里来？"依依轻声地说。

良良说："啊哟！我不喜欢！"

"啊唷！我怕！"珊珊叫了起来。

"是我，是我，不用怕！"一个和善的声音说着，这人就走到床边来了。

孩子们这才看出是一位漂亮的阿姨。她上身穿着饰有珍珠的黑色闪光缎的夹袄，下身围着黑纱裙，裙边镶着闪闪发光的珍珠，雪白的脸，十分温柔的样子，叫人一见就喜欢。听她说话的声音，就知道她是一位和蔼可亲的人。她走起路来，裙子飘荡着，好像浮在天空中的云。她的声音又低又轻，可是十分好听。孩子们立刻觉得这个夜姑娘是所遇见的人们中最和善的一个。

这位阿姨就在这张又大又阔的床的边沿上坐下来。孩子们也躺下去，头放在枕上。她就轻轻地和他们聊天。

她说："我听你们说，你们不喜欢黑夜，所以我就在这房子旁边的树上，挂起了一盏灯。……"

依依说："那么，您是谁呢？"

这个阿姨说："我就是夜姑娘。"

良良说："我们欢迎您，阿姨！"

"您来伴我们就不寂寞，谢谢您！"珊珊说，"您的灯是多么美呀！"

"月亮就是我的灯。它真是个美丽的东西。"这个夜姑娘说。"我向我的哥哥白昼，借来一点儿光，他带着的灯就是太阳，亮得很，热得很。我却只需要一点小小的光就够了。每个月里，我有一大半的日子用着我的灯，照亮夜的世界；其余的日子，我就让一切东西在黑暗里。这样，好让蝙蝠、还有猫头鹰可以做许多的游戏。你们要知道，它们是真正喜欢黑夜的，愈黑愈好。"

依依说："为什么我不这样想。不论哪一个人，爷爷、奶奶、爸爸、妈妈，他们都不喜欢黑夜的！"

"是的，你们是这样，这是一切事物的趣味。"夜姑娘说，"但是为什么有许多花只为了我们才开——当我在这儿时，那许多花就发出强烈的香气来，你们不听得有种花叫'夜来香'吗？有许多动物，只在天黑了以后才出来。老虎白天睡觉，黑夜就跳出来了。你们只要想想那萤火虫，当我的哥哥白昼在这儿时，它发不出绿油油的亮光，但是它们和我在一块儿跳舞！"

良良说："是的，还有那蚊子！嗡嗡地叫。"

大家都好笑着，因为蚊子顶可恶，在黑夜里讨厌透了！

夜姑娘说下去："我还带来音乐，你们要听听昆虫的奏乐，蟋蟀、纺织娘、金铃子，它们常常为了我奏得更好听。它们是秋天夜里出色的音乐家。还有我的夜花园——你们想想那些星孩子看，他们像花朵那样美丽！"

孩子们叫出来了："呀！我们也想过，星星倒是真正可爱的！"

"这些星孩子当然常常在天上，"夜姑娘解释着说，"可是必须等我替它们张起了可爱的蓝色的天幕来，那时你们才能够看得见它们。"

依依问："当那些云来时，它们到哪儿去了？"

"嗯，它们还是在天空里，"夜姑娘说。"这月亮，我的灯，也和它们一样。当那些顽皮的云飞过来，大家挤在一块儿，把天空没头没脑地遮住，我的灯就不能够照透厚厚的云层；星孩子也如此，于是地上的人们就说：'这是一个真正的黑夜！'"

良良问："除了星星以外，你还带些什么别的好东西？"

夜姑娘说："嗯，这是你们以前还没有听到过的呢。我带着休息、睡眠和梦。"

珊珊说："但是人们也能够在白天睡觉，我们就都在午后睡觉的。"

夜姑娘说："睡眠也有好几种，我只带着一种最好的。健康的大多数的人，在我的哥哥白昼来的时候，忙着干活，因为有了亮光，就可以干得挺好。但是他们干了一天，累了，就需要好好休息啊！"

孩子们说："阿姨，您说得对。妈妈也说过睡眠很要紧。"

依依又问："阿姨，您不在这儿的时候，您到什么地方去了？"

"我在这世界上旅行一周，"夜姑娘回答说。"我跟着我的哥哥，我的哥哥也跟着我。当你们吃早餐的时候，我在美洲，叫美洲各国的孩子们上床睡觉去，随后在你们吃晚饭的时候，我再赶回来。这时候我使天空暗下来，好让你们去睡觉。"

依依说："我们以前不喜欢您，现在想起来真是傻！"

"我们不明白睡眠的好处啊。"良良又插上了一句。

"您是个好阿姨，"珊珊说，"我愿意您日日夜夜同我们住在一块儿！"

"日日夜夜！"夜姑娘说，"为什么以前你们连一分钟也不要我！"

"啊，阿姨，请您留住在我们这儿！"孩子们说。

夜姑娘笑笑说："那不行，我得让我的哥哥来，你们好做功课啊！"

"我告诉你们，"她接下去又说，"在夏天，我待得时间短些；到冬天，可就待得长了，我的哥哥就不到北极那一带地方去，只让我独个儿待在那儿。现在，我要在这儿伴着你们，为你们讲好听的故事，直讲到我的哥哥跑来说，'你该走了！'这才是我该去的时候了。"

夜姑娘挨着他们身边坐下来。奇怪！这张又大又阔的床，就像一片长着庄稼、树林的田野，又像一片无边无际的摇荡的海洋。

孩子们变得安静起来，并且很快地觉得要睡了。

夜姑娘看见孩子们又安静、又舒服，她开始用柔和甜美的声音讲故事。

从前有三个孩子，他们的名字叫做依依、良良和珊珊……有一天夜里……

现在，每一个孩子都更加觉得安静、舒服，眼皮重得张不开来了。

依依想到他自己正在听一个奇怪的故事，讲到他自己在早晨醒过来时，在一张又大又阔的床上，找到了一包用金黄的纸包的爆玉蜀黍。

良良想到他自己正在听一个故事，讲到他自己看见一个老头儿，在他枕头旁边放下一包用雪白的纸包的花生米，是送给他吃的。

珊珊想到她自己正在听一个故事，讲到有一个阿姨，把一串用糖炒的豆，围绕在她的项颈上，真像一串珠圈，可以慢慢地一颗一颗咬着吃。

后来，天亮了，依依坐了起来，揉着眼睛。

"啊呀！阿姨到哪儿去了？"依依叫出来。

良良也坐了起来，揉着眼睛。"啊哟！阿姨哪儿去了？"

珊珊也坐了起来，揉着眼睛。"啊唷！阿姨！您在什么地方？"

"她走了！"窗子旁边有个声音回答，"你们这些贪睡的小家伙！"

孩子们睁大了眼睛，吃惊地看见从窗户外跳进一个强壮的汉子来。他穿着耀眼的白衬衫，右手里拿着一个铜喇叭。喇叭上蹲着一只金色的小公鸡，亮得耀花了人的眼睛。

"六点钟了，快起来，时候到了！"他说，"我就是夜姑娘的哥哥——白昼，我把她送走了。这时候，该是你们起床的时候了。"

依依说："但是她讲好听的故事给我们听！"

"讲给我听的是一包花生米的故事！"良良说。

"讲给我的是一串炒豆，像一个珍珠圈的故事！"珊珊跟着喊出来。

"呸，这些不是故事，这些是梦。"白昼哥哥说，"现在你们快快醒吧！我是一个忙碌的人，我不喜欢谁浪费我的时间。"

白昼哥哥不等到看一看孩子们是否听话，也来不及说声"再会"，就带着他的亮晃晃的铜喇叭走了。

"是啊，就算是梦，也是一个可爱的梦！"依依说，"我想她是一个真正的好阿姨！"良良说。

珊珊说："我愿意这些梦变成真的！"

妈妈进来了，把水放进了浴盆。

"来，你们这些小家伙！"妈妈又像气恼，又像宠爱地说，"起床的时候到了！"

孩子们从那张又大又阔的床上爬下来，第一个是依依，第二个是良良，珊珊是最后一个。当他们下床来站到地板上，还在不停地揉着眼睛。

妈妈瞧着他们，好笑着。

她说："哈哈，看来你们还要再睡一下。但是你们不看见这屋子里有什么好东西吗？"

孩子们很快地醒了。

他们看见在那张又大又阔的床的柱子上，挂着三包美丽的爆玉蜀黍：一包黄的给依依，一包白的给良良，一包红的给珊珊。

孩子们一齐喊着："啊呀！——啊哟！——啊唷！——这不是阿姨送给我们的吗？"

妈妈眨眨眼睛，疑惑地说："哪个阿姨？"

"黑夜阿姨！"孩子们一齐叫出来。

妈妈笑着说："醒醒吧，不论哪个，都不曾看见过她把东西送给孩子们。——这是我等到你们躺在床上以后，才下山去买了来送给你们的。"

"谢谢您！——亲爱的妈妈！"孩子们又齐声喊着。

火 先 生

有一天，在吃早饭的时候，妈妈给爸爸做了一个苹果饼，喷香，味道不坏，还剩下半碗面粉，两只红通通的大苹果。

她瞧着、瞧着，不知道怎么办才好。

正在这个时候，大孩子依依，二孩子良良，三女儿珊珊，他们一齐跑进厨房里来了。

"啊呀！两只大苹果！"依依叫起来了。

"啊哟！可以给我吃吗？"良良问。

"啊唷！可还有一只给我吗？"珊珊着急地说。在她想来，她多半会被忘掉的，两个哥哥各得一只，自己就得落个空。

"可不是！"妈妈说，"家里再也没有第三只苹果了，叫我怎么样把两只苹果分给三个孩子呢？"

"那一定分不来的！"依依说。

"分不来的！"良良接着说。

"……"珊珊急得脸都红了，却说不出话来。

妈妈想着、想着，忽然一拍手说："有了、有了，我把两只苹果和半碗面粉做一个大苹果饼，就可以分切成三块，这样，你们每人都有一份。"

"妈妈好办法！"

"妈妈好主意！"

"妈妈好打算！"

"妈妈真聪明！"

孩子们争着说，就站在妈妈身旁看着她把苹果切成薄片，再切成细条，和在面粉里滚着、捏着，把糖放进去，把香料加进去，搅和着，然后用擀面棍儿来回地摊成一个饼，搁在炉子上烘，慢慢地烘成黄里带焦的饼，发出苹果的香味儿来。

孩子们喉咙里头咽着唾水，眼睛眨巴眨巴的。

妈妈叫他们去洗脸、漱口、洗手，准备吃早饭。

他们就从厨房里头跑出来：依依是第一个，良良是第二个，珊珊是最后一个，蹦蹦跳跳的像三只小白兔。

孩子们笑嘻嘻地在桌子旁边坐下来，吃赤豆粥、煎蛋，还有一碟子肉松，是一顿挺好的早饭。

最后，苹果饼拿出来了。

妈妈问："谁分这个饼？"

"我来，"依依叫起来，"我是大哥哥！"

"好。你先用刀子在饼上做记号，"妈妈说，"再切成同样大的三块！"

依依就用刀子在饼的外皮上划下两条线，刚想用刀子切，另外一个却阻止了他。

良良说："不对，你划了两块小的，一块大的！"

"那么，谁吃大的一块？"珊珊着急地问。她觉得事情有点儿不妙。

"该给我！"依依说，"我是切饼的人。"

"不对，该给我！"良良说，"我挺爱吃苹果饼。"

"……"珊珊望了望两个争吵的哥哥，只眨巴着大眼睛，没吭声。

"孩子们，"妈妈说，"现在别吵嘴了，我想你们最好等到下午吃点心的时候再吃这个苹果饼。那时候，我要告诉你们应该怎么样切才公平。"

三个孩子听到妈妈这么一说，就知道他们自己犯了错误了，只好愣着眼，看着妈妈把苹果饼放在橱里顶高的一格上。他们望望蓝色盆子的边儿，谁也不吭声，要吃到这个香甜的饼，还得等好几个钟头呢。

妈妈说："外面刮风，天气很冷，别出去玩。我把炉火关小些，你们就在屋子里做游戏——我给爸爸缝衬衫去。"

妈妈拉上铁板，火炉的门只留一条缝儿，火就烧得小了。

依依说："啊呀！现在我们做什么游戏好呢？"

"真讨厌！还要等那么久才能吃到那个饼！"良良拉长了脸。

"是呀，要等好久好久，"珊珊说，"可是我们不该闹不公平！这可不能怪妈妈。——现在多等一会儿也没有关系，反正我们肚子不饿。"

"你们不饿，"一个奇怪的声音喊起来，"我可真的饿透了！"

起初，他们听不出这声音从哪儿来的。谁也没看见有什么人进来。

一会儿，这声音又喊起来。

"哥儿、妹子们，劳驾了，"他说，"我饿极了！"

后来孩子们才弄明白，声音是从火炉里头发出来的。这真是一件十分奇怪的事！

依依拉着良良的手，良良拉着珊珊的手，他们紧紧靠拢了，踮着脚尖，小心地、缓缓地跑过去，站到火炉的前面，彼此警惕着，靠得紧紧地。

他们找了好久，才看见一个披着一件烂黄外套的小人儿，坐在火炉门的后面，歪着头向火炉门缝外面呆呆地望着。

这个小人儿看起来脸色苍白，十分疲乏的样子。他的外套亮闪闪的，像用玻璃做的，下摆镶着红绸边，他的头上戴着一顶青缎子的帽子，插着一根美丽的羽毛，像外套一样漂亮。脚上穿着黑色的长筒尖头靴。他的手指很长，尖得像爪子那么样。

他的服装虽然很阔气，可是脸色却很忧愁。

"可怜！"珊珊说，"我们应该怎么样帮助您？"

"快拉开铁板！"这个陌生的客人发出有气无力的声音。依依大胆地伸手拉了一下铁板，差不多他刚一动手，这个陌生客人的脸色似乎就亮了一点儿。

小人儿站起来了，伸了一个懒腰，叹了一口气。

"这才好一点儿！"他说，"空气！我很需要空气！再耽搁一分钟，我就不得不走了。现在，我还要一点儿吃的东西，快点！快点！请你们快点！"

"吃的东西？"依依觉得这件事情很为难，抱歉地说，"对不起，实在没有什么东西可以给您吃呀！"

"只有一个苹果饼！"良良说。

"不过它放在橱里头顶高的一格上，太高，我们够不着。"珊珊接着说。

"饼！"这个陌生客人的脸色又发亮了一点儿，"我可不要你们的饼！饼是我烘熟的——我要的是那个——那个——你们快扔一小块煤给我，可以吗？"

依依问："啊呀！您是谁？"

"我——我是——火先生！"这个小人儿回答说，"你们不能够快点儿弄块煤来吗？"

孩子们站着不动，你看看我，我看看你。

"当心！不要太走近我！孩子们常常应该和我保持一个适当的距

离，否则他们就会被烧伤了呢！"

孩子们还是站着不动。你看看我，我看看你。

过了一会儿，火先生更加软弱无力了，身子斜靠在炉壁上，脸色一点儿一点儿暗下去。

依依想起自己是大哥哥，壮了壮胆子，"反正给他多吃点儿吧！"他铲了一满铲子的煤，扔给火先生。

火先生立刻吃煤了，呼噜呼噜地直响，一分钟比一分钟强壮起来，脸颊上显得红润有光，看上去他吃得很高兴。

孩子们觉得做了一件好事，挺高兴，乐得在火先生面前拍着手，唱着歌：

> 喳喳喳，树上喜鹊叫；
> 请请请，家里客人到；
> 哈哈哈，主人客人一齐笑。

依依向小人儿招了招手："火先生，欢迎您！"

良良也向小人儿招招手："火先生，欢迎您！"

珊珊却只点了点头，心里有点儿胆怯："不论谁，来和我们一块儿玩，我们都欢迎！只要他是个好人。"

这时候，火先生愈来愈精神了，呼噜呼噜地吼着，好像在生气的样子。

"咄咄！——呼呼！——"火先生说，"孩子们，知道不知道要节约用煤？你们给我吃得太多了！"

"我们听说过，"珊珊又点点头，小声小气地回答说，"爸爸和妈妈都说过，我们今年要节省一百五十斤煤。可是后来爸爸拿起算盘，滴滴答答地拨了一下，说，可以节省二百斤！"

"哦，好的！好的！"火先生边吃煤、边含含糊糊地说。

良良问："火先生，我们可以坐在您的旁边，做您的好朋友吗？"

"哦，好的！好的！不过——"火先生说，"你们把铁板拉小一些。"

孩子们就在地板上排排坐：第一个是依依，第二个是良良，第三个是珊珊。他们抱着自己的腿，蛮有滋味地瞧着火先生。

火先生掏出一只烟斗，没点火就燃着了。当他吸着烟时，笑嘻嘻地又重新快活起来。

他沙着嗓子和孩子们聊天。

"这时候，我不走出去，对于你们来说是一件好事情，房间里暖呼呼的。"火先生说，"如果我一走出去以后，再要我回来，就不是一件容易的事情了。——哎哟，我又不得不向你们讨东西吃了！"

依依问："煤？"

"不，煤太硬了，"火先生说，"你们给我吃点儿好吃的，容易消化的东西吧。我要几根干燥的木片，让我吃得高兴起来。你们知道，有些东西是有滋味的，有些是没有滋味的。有些东西是容易消化的，有些是不容易消化的。"

良良也问："你很喜欢吃东西吗？"

"要是给我吃得多，我就长得胖，力气大。"火先生很高兴地回答。

"要我去点亮一盏灯，我就不必吃得多；要我去烘熟糕饼，我就要稍微多吃一些；要我去烧旺炉灶，煮一百个人吃的饭，或者使一幢大楼暖和起来，我就要吃得更多。如果你们希望我去发动机器，那是另外一回事情，我必须要吃一大堆煤，才有力气把水锅里的水烧得沸腾起来，使它发出蒸汽来推动机器。"

依依也问："那么，你常常要到工厂里去？"

"是的，是的，差不多在那儿总找得到我！"火先生露出又光荣又骄傲的样子，"熔铁厂、炼钢厂和轧钢厂等等地方，一天到晚需要我，没有我，他们的工作就没法进行了。"

良良又问："不论谁都可以请你来帮助干活吗？"

"嘻嘻！可以，可以，我爱劳动，我高兴做许许多多的事情。"火先生回答说，"我在搪瓷厂里烧瓷盆和碗碟，在糖果厂里煮糖，在饼干厂里烤饼干，我使轮船在江里和海洋里航行，我还使火车的引擎飞快地转动，让它每小时跑一百公里！"

"啊唷！你多棒！"珊珊眼睛睁得大大的，拍着手喊出来，"你多么辛苦呀！你不觉得累吗？"

"不，一点儿不，除非人们忘记喂我吃饱，"火先生说，"如果人们不喂我吃东西，我就要生气，干脆不声不响地走了。但是他们不得不把我请回来。——哈哈！嘻嘻！"

"你还做些什么旁的事情？"依依问。

"多着呢！劳动最有趣。我还帮着你们的妈妈熬油、炒菜、煮饭、烧开水……"火先生数着自己做的这些事情，似乎很快乐的样子，明亮的眼睛一眨一眨的，"当然，还有哩！我在火力发电厂发电，照亮了城市和农村。我在节日的晚上放起了焰火，在天空里撒出许许多多彩色的花朵，我爱放给劳动人民看！——如果你们没有我，你们过日子就要觉得困难，并且没有趣味了。"

良良说："你是一个多么有用的人！"

"咄咄！——呼呼！——"火先生乐起来了，眨着他的白眼睛。

"我总觉得你不像是一个和善的人！"依依低低地，仿佛在自言自语地说。

"我们常常害怕你！"珊珊添上了一句。

"咄咄！——呼呼！——"火先生说。"孩子们，如果你们能够明白我，就永远不必害怕我。只有不懂得我的人，惹得我发脾气，那时候我才可怕呢。"

"那时候你会烧死人！"依依说。

"可不是！我想起来了，图画故事书里说你吞下过一幢大房子，即使一个市镇你也吞得下！是不是?"良良说。

"还有森林！还有牧场！"珊珊说话的声音颤动了。

"是的、是的，有过这么一些事情。可是这不能怪我，只有在人们自己不小心的时候，我才闯下这样的大祸！"火先生皱了皱眉头说，"除非有人爱胡闹，否则他们就不得不对我谨慎小心，对我有礼貌，不要玩弄我！"

"谁敢玩弄你呢?"依依觉得很奇怪。

火先生激动地说："咄咄！——呼呼！——世界上那些战争贩子！"

孩子们听不懂他在说些什么，只呆呆地看着他生气的样子。

"火先生，请你不要生气。"珊珊很有礼貌地说，"现在我们应该怎样招待你?"

"小心，不要喂我吃得太多，"火先生吸着他的烟斗，"不要把纸张，或者把纱做的帐子、布做的衣服太靠近我——要和我保持一个适当的距离！"

"我们知道了！"孩子们警觉地互相用肩膀碰了碰。

"小心！不要倾覆油灯，不要玩弄火柴，"火先生接着说，"要记牢，我喜欢在干草堆上面或者柴堆上面连滚带跑，所以该把它们放在屋子外面。还有煤油、汽油，以及不论什么的油类——我都爱喝，像醉汉喝酒一样，喝个没完，要把它们尽量放得远一些，千万别放在我身边！"

依依说："我们要牢牢地记住你说的话！"

"现在，你还要我们做些什么事情？"珊珊好意地问，"你口渴吗？要不要喝水？"

火先生听到这句话，又激动起来，抬起头，翻起白眼，向烟囱直吼。

"水？"火先生怒气冲冲地喊着，"咄咄！——呼呼！——不要！不要！我讨厌水！你们不论给我多少，我立刻就走！"

"啊啊，我们不会这样做！"孩子们齐声说。

"我们欢迎你在这里。你不和我们在一起，这房间里就一点儿也不快乐了。"

可是火先生没有声音，只一口一口地吐出气来。

孩子们正在奇怪，怎么会使得火先生生这么大的气？

妈妈就在这个时候开了房门进来。她咳嗽着，擦着眼睛，赶紧跑到火炉旁边，拉开铁板，几分钟内，烟都消散了。

妈妈打开气窗，放下窗帘，拿出三只茶杯来，摆在桌子上。

依依问："妈妈，这铁板是什么？"

"那是火炉的门，"妈妈说："火没有空气是烧不起来的。你们要火小一些，只要把门关上一半；如果你把它完全开着，那么空气涌进去，火就烧得旺了。——可是这回门关得太小了，煤也快烧完了，火几乎要熄了……"

良良突然叫起来："爸爸来了！"

孩子们一齐跑到房门外面去迎接爸爸。爸爸的胳膊下挟着一大包书。孩子们捉住了他，拖拖拉拉地到了房间里。

妈妈一边把孩子们分苹果饼的事情告诉了爸爸，一边从橱里头顶高的一格上拿下苹果饼来，放在桌子上。

爸爸看了看依依在饼上面用刀划的记号，摇了摇头。

"这回让我来切，妈妈！"良良说。

"不，我是大哥哥，应该让我切。"依依说。

珊珊睁大了眼睛，望望两个哥哥，又望望妈妈，再望望爸爸，没吭声，却提心吊胆地怕两个哥哥再争吵起来。

"哦，"妈妈说，"不论哪个孩子来切，我都不在乎。但是，从现在起要记住：不论什么时候，你们分吃糕饼或者分吃瓜果，谁担任分的，谁就拿最后的一块。"

"妈妈说得对。我一定要切得挺公平！"依依大声地说。

"每一块都要切得一样大！"良良大声地说。

"不要切得这一块比那一块大！或者这一块比那一块小！"珊珊也大声地说。

"说得都对！"爸爸高兴地说，"可还有茶杯吗？我也要在这儿和孩子们一块儿喝杯茶。"

依依一听，就跑去把爸爸喝水的那个茶杯拿了来。

于是，妈妈让依依切苹果饼，因为他是大哥哥。

依依不敢立刻拿刀切下去，因为要把三份切得很平均，可不是容易的事。他就改变了主意，切成一样大小的四块。一块是良良的，一块是珊珊的，一块是妈妈的，还有一块给爸爸。

妈妈摸了摸依依的柔软的头发："好孩子，这一块给你吃。你现在很公平，而且很有礼貌了。"

雪 妹 妹

　　一个冬天的早上，依依、良良和珊珊很早就醒来了。房间里很冷，可是他们躺在那张又大又阔的床上，被窝里热烘烘的。

　　妈妈走进来了，拉起窗帘，生好火炉，房间里又亮又暖和起来。

　　孩子们也就从床上跳起来：第一个是依依，第二个是良良，第三个是珊珊。

　　妈妈拿出孩子们的帽子、大衣、手套，还有橡胶靴。"现在你们穿戴起来，出去玩一会儿。"

　　依依望着挂在墙上的日历，正是"十二月三十一日"，心里头在想心事，"我不出去玩。"

　　良良心里头也有心事，"妈妈，我也不出去玩。"

　　珊珊当然也有心事，不过她说了出来："我们要在小柏树上扎起彩带，挂起小红灯来。"她知道晚上有个新年晚会。

　　"这些事可不用你们操心，"妈妈说，"你们出去玩，直到我喊你们进来的时候，你们再进来。"

　　"咱们要自己动手做。"孩子们一同喊出来。

　　"等一会儿，就请你们来帮忙，"妈妈喜欢孩子们年纪虽小，说话却有道理。"你们爱劳动是挺好的。可是现在先到外面散步去，呼吸新鲜空气。"

　　于是依依和良良戴上帽子，披上大衣，穿上黑得发亮的橡胶靴；珊珊也披上大衣，不过她戴的是没有帽舌的女式帽子，穿的是漂亮的红色的橡胶靴。

"别丢了你们的手套！"妈妈叮嘱着说。"留神在外面玩，别摔跟斗，也别吵架。"

"妈妈，您放心！"孩子们一边走，一边回答。

门外，很冷，呵口气就腾起白色的雾来。

田野盖在厚厚的雪下面，望上去好像是个银世界，多么美丽的一片雪景。

孩子们站在门廊下面的角落里，缩做一团，互相偎着，像三只挨冻的小猫咪。

"田野太冷了，我不想出去。"依依皱着眉头，苦着脸说。

"我也不想出去。"良良总是爱跟哥哥说一模一样的话。

"我不爱冬天！"珊珊说着，几乎要哭了。

忽然一个快活的笑声像银铃样地响了起来，孩子们惊奇地注视着。

一棵挺老挺大的柏树，在它那靠近地面的枝上，坐着一个小姑娘。

她戴着白狐皮的帽子，披着白鼬鼠皮的大衣，穿着白海豹皮的尖头靴子。大衣微微敞开着，里头露出对襟的红缎子马夹来，袋里挂着一条亮晃晃的银链条。她睁着一双乌黑的大眼睛，闪出快乐的光芒，咧开着嘴巴，露出一排整齐的雪白的牙齿，望着孩子们笑个不停。

孩子们还从来没有看见过这样漂亮的小姑娘，看呆了，不知道她是谁家的爱笑的快乐的好姐姐。

"你们这样地不喜欢冬天？"这个小姑娘说，"也难怪！——如果你们还斯斯文文地站在那儿，就会越来越冷。应该出来跑跑啊！"

"可是多冷呀！"依依耸了耸肩膀。

"多冷呀！"良良跟着说，缩了缩脖子。

珊珊觉得不好意思老喊"冷呀！冷呀！"她想了想，就问："您是谁？"

漂亮的小姑娘又大笑起来，很像扣响了银铃的清脆的声音。她笑了一个很长的时候，才回答说："我叫雪妹妹——"

珊珊气鼓鼓地抢着说："怎么是妹妹？应该是姐姐。您比我们都大呢！"

雪妹妹又大笑了一阵，"你们不知道？我还有个冰哥哥，我当然是雪妹妹啦。"

孩子们不认识她，当然不知道啦。

雪妹妹调皮地微笑了一下，"你们那么怕冷，不想跑出来做游戏，那，顽皮的风孩子会咬你们的耳朵，我也会刺疼你们的鼻子——"

"啊呀！请您不要这样做！"依依叫了起来。

"啊哟！请不要。"良良也说。

"啊唷！我们就跟您去玩吧，不过您要和善点儿。"珊珊胆怯地说。

"那好，来和我一块儿玩。"雪妹妹高兴地说。"我爱活泼、强壮的孩子。我可不是一个坏人。"她说完，就从树枝上轻轻地跳下来，像一只鸽子飞落在地上一样。

孩子们跑到雪地上，橡胶靴叽吱叽吱地响。

雪妹妹的白海豹皮靴踩在雪地上，喷喳喷喳地响。

他们拉起手来，一同跳舞，开始跳得慢，后来跳得快了，只一会儿，孩子们就觉得暖和了。

雪妹妹仔细看看孩子们紧绷着的脸蛋，"什么事情叫你们不高兴了？"

"啊呀！"依依说，"明天是元旦，咱们要布置新年晚会，妈妈不让我们干！"

"啊哟！不让我们干！"良良接下去说。

"啊唷！不是的，"珊珊说，"妈妈要我们先出来散散步，再叫我们回去干。"

雪妹妹听了，又忍不住大笑起来。"如果这样，咱们到磨坊那边去看看吧，咱们要在冷空气里锻炼锻炼，看谁先把鼻子冻得通红。"

孩子们不愿意把鼻子冻得通红，但是他们只能跟着她走。

雪妹妹看了看她的温度计，自言自语地说："零下十一摄氏度。"她转过身来对孩子们说："你们记住，这样的天气，可不能在外面呆着不动。"

"为什么？"良良不懂，看了看他哥哥不说话，才问。

"太冷的天气，不只把河水冻结，对人体内的血液循环的血管也有影响——"

"呀！"依依惊愕得一声喊出来，"血管也会冻成冰管吗？"

雪妹妹只停了片刻，再把没说完的话说下去。她收敛了笑容，郑重其事地说："你们要知道，在严寒的屋外，呆着不动，会冻坏的，会害关节炎的。"

"啊唷！"珊珊急忙蹦蹦跳跳的，"我们动，我们动……"一边连连说着，一边跑动起来。

不用说，依依和良良也跑起步来了。

正当他们跑得身体暖和的时候，只听到他们的妈妈在招呼他们回去吃早饭。

他们正想跟雪妹妹道别，可回头看时，美丽的雪妹妹怎么不见了。

冰 哥 哥

　　就在这一天，很冷很冷的这一天，孩子们早上在户外，和雪妹妹玩得真快乐，可被妈妈叫进来吃早饭了。他们吃了一碗小米粥、一个面包卷，就不愿意再吃了，一心想着再出去和雪妹妹一块儿玩。

　　妈妈看出孩子们的心事来了，"每人再吃一个花卷儿，就让你们出去玩一会儿——可时间不能太长！"

　　"谢谢好妈妈！"孩子们齐声回答，依依还带头鞠了一个躬。

　　妈妈笑着，挥挥手，"去吧，去吧，可别摔跤闹乱子！"

　　孩子们一走出门，没多远，就望见了雪妹妹。她正在等候着呢。

　　他们跟着雪妹妹跳呀蹦的，直跑到磨坊下面的池塘旁边，水结成了冰，冰上正有个小哥儿在嘶！——嘶！——地溜冰。

　　小哥儿看见他们来了，扬着手，大声地喊："欢迎！欢迎！"他脖子上的蓝围巾在风里头飘呀飘的，溜得多么快呀。

　　雪妹妹回答说："冰哥哥，咱们没带冰鞋溜不成！"

　　小哥儿在下面又喊起来："没关系，我拉着你们。"

　　"好，咱们来试一下。"雪妹妹边说边走下去，用脚踩踩那冰，回头说："你们下来吧，冰结得够厚了，很安全。"

　　孩子们还没学会溜冰，不愿意下去，但是他们只能听着她的话。

　　现在冰哥哥拉雪妹妹，雪妹妹拉着依依，依依拉着良良，良良拉着珊珊，嘶！——嘶！——的一圈又一圈地溜起来了。

　　孩子们全身暖烘烘的，脸蛋红彤彤的，乐得叫起来、笑起来了，想不到在大冷天，跑到户外来，玩得这么快活。

他们溜了好一会儿，才停下来休息，坐在磨坊前面照满了太阳光的台阶上。

"请您告诉我，不论什么地方的水，您都能够把它结成冰吗？"依依很想知道这件事。

"不，"雪妹妹笑笑，头摇摇，手指指。"这是他干的事。"

"那么，你会干什么？"良良接下去问。

冰哥哥插了一句："我结冰，她下雪。"

"她不会下面吗？"珊珊疑疑惑惑地问。

雪妹妹大笑起来，笑声像银铃一样好听。

"安静点儿，安静点儿，"冰哥哥眨着两颗明亮的眼珠。"听我说吧，在温度计上标明气温在零度以下的地方，我就能把水冻结成冰。你们要知道，零度就是冰点。所以在寒带地方能结冰，在热带地方就不能。你们可听说过印度的恒河，埃及的尼罗河结过冰了吗？"

孩子们听不懂他说的是什么"银鹅"、"矮鸡"，只愣着不做声。

雪妹妹又大笑起来。

"安静点儿，安静点儿，"冰哥哥说，"你们要知道，即使在零度以下的冷的地方，如果水的流量大，我也冻不了，长江就没在冬天结过冰。黄河也不会全结冰。但是松花江在零下二三十度的气温下，我就把它冻了。人们喜欢我这样做，叫做'封港'。"

孩子们仍然没听懂，只是睁大了眼睛望着他："什么是'风岗'啊？"

雪妹妹用手捂住了嘴，因为她知道一笑出来，冰哥哥又要说"安静点儿，安静点儿"了。

"你们要知道，"冰哥哥很热心，想一下子把自己所知道的全告诉孩子们，可惜讲得太深了。"在历史上，太平洋、大西洋和印度洋从来没冰冻过。它们实在太大了。"

依依高兴地说："您能够把海洋结起冰来，那太好了！我就有了一个挺大挺大的溜冰场，溜一年也溜不到头！"

"不能！不能，"冰哥哥赶快说。"你们要知道，海水里含有盐分，而且太多，使它结冰太困难了。"

良良学着老师说过的话："您不能向困难低头。"

雪妹妹这回忍不住又大笑起来。

"安静点儿，安静点儿，"冰哥哥说，"你们要知道，我在北极地方，工作却做得比这儿好，那儿整年冰天雪地——"

"那么人住在哪儿？"依依打断了冰哥哥的话。

"住在用冰砖砌的房子里。"

"那是什么人呢？"依依追问下去。

"因纽特人。"

"啊呀！这是什么样的外国人，我们可没听说过。"

雪妹妹几乎又要大笑起来，可是她看见冰哥哥向她白白眼，才咬了咬嘴唇，忍住了笑。

"你们要知道，一些国家的探险家，到过北极，他们在我造的冰山上，插上一面面红旗。……"冰哥哥一边讲，一边看见孩子们还是呆呆地听不懂，不得不换个话题。"你们要知道，我在北极，看见过鲸鱼、海豹、白熊……"

"白熊？"珊珊急急地问，"是不是动物园里头熊山上的那只白熊？"

"动物园里的我可不知道，"冰哥哥回答说，"北极白熊很多，我看见过，毛像银子一般白，力气很大、很凶……"

依依忽然想起来了，"啊呀！您老说北极、北极，难道没有南极吗？"

179

"地球上当然还有南极，"冰哥哥急忙回答。　"你们要知道，——"

依依不等他说完，又问："那么，您在那儿又看见过什么东西呢？"

"看见过一种奇异有趣的鸟，叫做企鹅。灰色的背，白色的胸脯，站起来有四尺多高，在水里能够游泳，在陆地上能够直立起来，像个小绅士，那模样儿老是在呆呆地望着，不知道它们在望些什么。"

"我们也不知道你们干吗要结冰、下雪啊！"依依也"顺水推舟"地这么问了一句。

这回雪妹妹来回答了。"我们使树木落叶，使花草枯萎，让它们有一个休息的时候。我还替麦苗盖上一条白毯子，让它躺在毯子下面过冬，不让冷空气冻坏。我们把害虫和细菌一齐冻死，让明年地里庄稼长得更好，来个大丰收。"

"啊呀！您不说，我们真不知道你们干了这么多的活，"依依说，"你们干得很好！"

珊珊问："夏天怎么不见你们，上哪儿去了？"

"你问得真聪明，"雪妹妹回答，"我们都爱寒冷。夏天地面很热，就住在高山顶上。人们以为高山戴了一顶白帽子，其实不是，是我们亲爱的兄弟姐妹们团聚在一起。"

"你们上山避暑？"良良想起上莫干山避暑的事来。

"可不是！"雪妹妹笑了笑。

"可是秋天凉了，你们就下山来？"依依接下去问。

"还不。秋天里风孩子带着冷空气走在我们前面，他和太阳公公一同使树叶变黄，使果子变红。人们在早晨醒来时，一看见这情形，就知道要在箱子里拿出夹衣服来了——"

冰哥哥插嘴说："你们要知道，这是一个警告，要大家时刻准备着，气温逐渐下降到零度，我和雪妹妹快要来了。"

"可是去年咱们家里水管子给冰冻坏了，"珊珊还记得去年这件不愉快的事。"我爸爸和妈妈给弄得麻烦透了，你们为什么不预先来个警告，让我们用稻草包好？"

雪妹妹听了，不觉大笑起来，像银铃发出轻快清脆的声音。

"安静点儿，安静点儿，"冰哥哥挤眼攒眉地说，"你们要知道，我们也还是小孩子，有时候不得不开个玩笑。"

"那不好，"珊珊撅起了嘴巴说，"开玩笑不好！"

"你们的老师会说你们是坏学生！"良良老实不客气地说。

"不一定，"雪妹妹笑了笑，"我们也干好事情。"

"你们还能干些什么好事情出来？"依依不肯相信。

良良接着说："你们可把池塘里的鱼都冻死了！真糟！"

"可怜！"珊珊老是好心肠，"冰结得那么厚，连池塘底都结冰了。"

"你们别着急，鱼没冻死，"冰哥哥解释着，"你们要知道，冰的密度比水小，所以比水轻，它浮在水面上，没把池塘底都冻了。厚厚的冰挡住了冷空气，鱼在冰底下觉得很温暖，游得很活泼呢。"

雪妹妹又气又恼地说："我刚才不是已经说过我们干了许多的活了吗？——你们不信，现在跟着我们去看吧。"

孩子们觉得很抱歉。依依拉着良良的手，良良拉着珊珊的手，默默地跟在冰哥哥和雪妹妹的后面，走到房子前面的一排大松树旁边停下来。这排松树上的雪在阳光里差不多化尽了。

雪妹妹掏出温度计来一看，零下二度。她转过头来对孩子们说："瞧吧！我帮着你们布置。"

孩子们看见雪妹妹从衣袋里摸出雪花来，要多少，就有多少。

奇怪！那衣袋不大，雪花却摸个没完，一把又一把地撒过去，像毛毛雨般飘下来，纷纷落在松树上。还有许许多多掉在地上，她却毫不在乎的样子。

"啊唷！您浪费了！"珊珊看着心里头难受，忍不住喊了出来。

雪妹妹点点头，"这回你说得对，我该留神点儿撒。"

黑松林慢慢地变成了白色的银松林，连棕色的松果也变成了白色的小球，看来非常可爱。

冰哥哥还帮着雪妹妹呵着冷气，松树上的雪花都结了晶，一颗一颗六角形的星，可是花纹不一样，它们在太阳光里忽闪忽闪的。

"啊呀！——啊哟！——啊唷！——多美呀！"孩子们一齐拍着手叫起来。

"安静点儿！安静点儿！"冰哥哥搓搓手说。"现在该打扮房子了。"

雪妹妹抢着说："让我先在玻璃上画上窗花。"

孩子们觉得这新鲜玩意儿满有趣，好奇地等着看。

雪妹妹从另外的衣袋里掏出一支白色的铅笔来，在每一块玻璃上画着一些可爱的图：有的像树叶，有的像花朵，有的像丛草，有的像个林子……奇怪！只有厨房的窗上没画，大概雪妹妹不欢喜厨房的吧。

"啊呀！——啊哟！——啊唷！——多么漂亮哪！"孩子们又拍着手叫起来了。

"安静点儿，安静点儿，"冰哥哥搓搓手，说，"还没完呢，现在要让我来干活了。"

他立刻从衣袋里拉出一串又一串的冰柱——奇怪！衣袋很小，藏的冰柱可真多：大的、小的，长的、短的，圆的、方的，尖的、扁的，还有像珍珠那么又圆又小的冰珠，太阳光照着它们，反射出

183

光芒来，耀得孩子们的眼睛几乎都睁不开来。

雪妹妹催促冰哥哥说："快动手吧，到了中午，就干不好了。"

"你们瞧吧，我要把冰柱挂满这幢房子，从屋顶一直挂到楼下。"冰哥哥说着，熟练地把大大小小、长长短短的冰柱扔起来，一刹那，这些亮晃晃的东西满空飞舞。奇怪！它们都很整齐地一排又一排地挂在屋檐、阳台、窗框和水管上了。这所漂亮的房子突然变得更加漂亮起来，像一幢水晶房子。

"啊呀！——啊哟！——啊唷！——太好啦！"孩子们又禁不住蹦蹦跳跳地嚷起来。

"安静点儿，安静点儿。"冰哥哥眨着明亮的眼珠，"可不要这么大声把你们的妈妈叫了出来！"

珊珊一听得有人提到她的妈妈，就想家了，轻轻地说："咱们该回去了吧？"

依依不同意，"妈妈还没有出来叫过呢。"

良良老是附和他哥哥的意见，"还没叫过呢！"

可是珊珊很聪明，"我们刚才不是在磨坊那儿吗？现在跑到这儿来了，妈妈怎么喊也听不见的！"

"说不定妈妈出来喊过一回了，那么，咱们回去吧。"依依想了想说。他转过身来对着雪妹妹和冰哥哥，"今天夜里我们有个快活的新年晚会，请你们来参加。"

"请你们一定来！"良良和珊珊跟着说，"我们要好好地招待你们。"

雪妹妹望着冰哥哥笑。冰哥哥也望着雪妹妹笑。他们感谢孩子们的诚意，可是他们知道屋子里有热腾腾的冒着火焰的炉子。

"啊，谢谢你们！"雪妹妹不自然地笑着说："我们不能来了。"

"真的，我们不能来了。谢谢你们！"冰哥哥重复说了一遍。

孩子们还以为他们客气，一齐说："你们别客气！咱爸爸和妈妈喜欢有客人来。"

珊珊还添上了一句："夜里很冷，来烤火吧。"

雪妹妹再也忍不住了，大声地笑出来。

"安静点儿，安静点儿，"冰哥哥一边向雪妹妹摇了摇手，一边对孩子们说，"没关系，我们不怕冷，今天夜里要上农场、果园、菜圃去，还有好多活要干呢。"

雪妹妹也说："可别为我们担心，你们快快活活地庆祝新年吧。——再见！"

"再见！"孩子们很有礼貌地回答说。"如果你们改变了主意，请你们就来吧！"

妈妈已经站在门口，不停地忙着招手。"孩子们，快跑！待在那儿干什么，风雪要冻掉你们的鼻子了！"

孩子们回家吃过午饭，休息了一会儿，就帮着妈妈布置客厅、扫地、抹桌椅、铺桌布、端花瓶、洗杯子和盆子……忙碌了一阵，什么都弄得整整齐齐。

晚上，灯亮起来了。

爸爸打开客厅的门。孩子们跟着走进去。妈妈早已把一株打扮得挺美丽的小柏树，放在客厅的当中了。

柏树上绕着红红绿绿的花纸，挂着闪闪发亮的银丝，还点缀着许多白色的雪花，这是妈妈别出心裁用白纸摺剪的。

新年晚会有好几个节日，可是孩子们最心爱的，最关心的是那株小柏树。他们知道树里头一定有什么秘密，说不定是三个红色的小封袋，里头藏着好东西。可是奇怪的是——小柏树旁边已经站着两个小客人了。一个是身上穿着白大衣的女孩子，一个是脖子上系着蓝围巾的男孩子。

依依高兴得悄悄地说："你们看见没有？他们到底来参加我们的晚会了。"

良良和珊珊喜悦地点点头。

可是，不对。客人一听到有人跑进来，就转过身来了，站在小柏树旁边的却是——表姐和表哥。

孩子们抢先奔上去。"欢迎！欢迎！"

五个孩子欢天喜地地拥抱做一团。

一会儿，妈妈端进她自己做的一盘蛋糕，宣布新年晚会开始了。

木屑巨人

依依清早起来，一口气读完了《一个伐木工的故事》和《木偶奇遇记》，站起来对良良和珊珊说："你们跟我来！"

良良眨了眨眼睛，疑疑惑惑地问。"跟你去做什么？"

珊珊瞪着大眼睛，不说话。

"你们跟我来就知道呗！"依依头也不回地在前面走了。

良良只得放下了画图的笔，珊珊也只得放下了剪纸的剪刀，跟在依依后面走了。

他们走到树林子里，只见一派绿油油的光，像走进了半透明的用翡翠盖的大厅。

珊珊忍耐不住了，"啊唷，要干什么啊？"

"你们留心点儿，找一段木头！"

良良也忍耐不住了，"啊哟，找一段木头干吗？"

"别多问，少说话——瞧你鼻尖上长着一粒红的东西，你啊，就是《木偶奇遇记》里的樱桃先生安东尼。"

"啊哟，不是！我不是安东尼，我也不愿意做樱桃先生——我是良良！——我叫良良！"

珊珊天真地问："那么，我是什么人？"

"你啊，"依依抬起头，想了一会儿。"你嘛，就是那个青发仙女。"

"啊唷，不，不！"珊珊眼睛睁得大大的，只是摇头晃脑，像风里头挂在枝上微微摇动的一只苹果那样。"你瞧瞧，我可不是青头发的。"

"这别管了，快找一段木头！"

珊珊还是要问："你呢，是什么人？"

"我自然是木偶的爸爸——好心的盖比都先生啦。"

孩子们边走边说笑，依依总是逗着他的弟弟、妹妹。

树林子里长满了草，石头上铺着藓苔，树叶和树枝落满在地上，路旁的藤蔓上开着紫色的小花……却怎么也找不到一段木头。

他们忽然听到"嘶呼！嘶呼！"的声音。

珊珊惊叫出来："啊唷，狼！"她的脸着急得像只火红的苹果了。

"啊哟，不！"良良胆小地自己安慰自己，"说不定邻家周爷爷放出猎狗来护我们了。"

依依站住了，手搭在耳朵根后面，用心听了一会儿，咬一咬嘴唇，说："什么也不是！那是锯木厂里锯木头的声音。咱们快走，到那儿去可以找一段好木头，做一个好木偶。"

珊珊说："要做一个女的，有两只黑眼睛，会跳舞。"

良良说："要做一个男的，腿长长的，会踢大皮球。"

"你们别争啦，找到了木头再说。"依依心里嘀咕着，"不管是女的，还是男的，他应该是个长鼻子的匹诺曹！和《木偶奇遇记》里的一模一样。"

他们走出树林子，就望见了红屋顶、白墙壁的锯木厂，从里头传出一阵又一阵"嘶呼！嘶呼！"的钢锯解开木头的声音。厂房前面场地上，高高地堆起一叠又一叠的木板，堆得十分整齐。

他们在场地上溜了一圈，很失望，找不到木头。木板的角儿倒有好几块，都不顶用。

珊珊忽然喊起来："啊唷！你们来瞧，这儿有一大堆木屑！"

良良说："啊哟，木屑有什么用，它不能做木偶啊！"

"废物！"依依不客气地冲上去用脚一踢，木屑扬了起来，像一阵风刮起了黄色的一片小雾。

——嘿，奇怪的事情发生了！

木屑"沙沙！沙沙！"地响起来，一下子变得像一片巨大的黄色的烟雾，不，像一条黄龙似的从地面上直蹿起来。

珊珊一声"啊呀！"赶忙躲到墙脚根去了。

良良哆嗦着，不知怎么办好。

依依还是生气地瞪着眼睛，望着这股又粗又长的黄烟，袅袅地腾上天空。

现在，地面上一大堆木屑不见了，高空中却出现了一朵大大的蘑菇似的黄色的云。一会儿，这朵云忽然飘落下来，愈来愈大，仿佛半爿天压下来的样子。

良良也惊叫起来，"啊哟，不好了！"他也躲到墙脚根去，和珊珊蹲缩在一起，两个孩子紧紧地拥抱着。

一会儿，依依急忙从地上捡起一根树枝，当做一把宝剑，背靠到墙壁上，准备迎战这个黄色的怪物。

忽然听得"啊哈"一声，从空中掉下来的不是一团巨大的黄云，而是一个巨人，像一座塔那样地直立着。他穿着马戏班里小丑穿的连衫裤，又松又宽，显得格外胖胖的，样子很滑稽。

"你们早上好！"巨人的态度倒是十分和善，声音也很温和。

珊珊放心了，跳了出来。"您早上好！"她站在巨人面前，显得更加矮小，只有他足踝骨那么高。

良良也放心了，跳了出来。"您好！您长得多高啊！"

巨人笑笑。"我的老爷爷、老奶奶，爸爸、妈妈，兄弟姐妹，都是高个子。"

依依还是背靠着墙，横着树枝，怒目地望着巨人。

"我可不是废物！"巨人忧愁地说，"你们等着瞧吧！"

孩子们听见巨人的裤脚管里"沙沙！沙沙！"地响着，泻出了许许多多的木屑，身体突然矮了半截，只有屋顶那么高了。

"啊呀，这就算有用处了？"依依冷笑着。

"难道这不是？"巨人摊开了两只手，"你们玩的小熊、小兔、山羊和梅花鹿，都不是需要我去填塞得鼓鼓的？你们晚上睡着的床垫、枕头，没有我就不能睡得舒舒服服，做着快乐的好梦了！"

"啊，原来是这样！"依依自言自语着，手里的树枝，"卜笃！"掉在地面上了。

"啊唷！"珊珊高兴地问："那么，爸爸看书、读报的时候，爱坐的软软的椅子，那里头也有你吗？"

"当然啰，你这个聪明的小姑娘说得对！"巨人咧开了大嘴巴，嘻嘻地笑了，"你们还不知道，装运玻璃、瓷器和陶器，都要我来保护着它们，才稳稳当当地从景德镇、宜兴运到北京、哈尔滨去，不会震碎。"

"啊哟，您的功劳挺大！"良良跷起一根大拇指。

"这还算不了什么！"

"啊呀，这么说，你就是废物木屑了！"依依盯着巨人，一双眼睛扑愣扑愣的。

"可不是！不认得吧？"木屑巨人边回答着，边调皮地笑了。

孩子们忽然听得"啊哈！"一声，接着一阵"沙沙！沙沙！"地响，巨人的头、身体、两只手、两条腿，一下子瘦下去，突然不见了，地面上留着的，仍然是一大堆木屑。

"啊唷，成了木屑就不会说话了。"珊珊仿佛要哭出来的样子。

"啊哟，他走了！"良良惋惜地说，"多待上一会儿多好！"

"啊呀，他是一个好魔术师！"依依心里头有点儿抱歉，他说过它是"废物"。

只听得又是一声"啊哈！"一大堆木屑又像一条黄龙似的蹿上天空，成为一朵蘑菇样子的黄色的云，飘飘荡荡地降落下来，像一顶淡黄色的降落伞。一会儿，孩子们面前又站着个塔一般高的巨人。这一回，他穿着一套蓝色的工人装，罩衫上和裤子上有许多的口袋，里头鼓鼓的，不知道装了些什么。

"啊呀！欢迎您！"依依第一个很有礼貌地说。

"啊哟，您回来了，我们很高兴！"良良想和巨人握握手，可是他攀不到。

"啊唷，您别走，我们喜欢您。"珊珊把头抬得高高的，说，"最好您变小，变矮点儿，和我们好好地说说。"

巨人和善地一笑，又是一声"啊哈！"身子像蓝色的电光那样一闪，耀得三个孩子的眼睛谁也睁不开来。

孩子们定睛看时，一个健康的、长得和普通人一般高的体面人，出现在他们的面前，站得笔挺。

依依又是第一个开口："我请教您，园丁叔叔种下了树，爱把木屑撒在地面上，这是什么意思？"

"你能够留心事物，是个好学生。"这个体面人点一点头，"你要知道，木屑是一种绝缘材料，不只是能够隔音，还能够隔温，这样，它就可以保护植物的根部，使它不太冷，也不太热，长得更好。"

良良也想起一件事情来。"前天妈妈带我们上百货公司去，有人把木屑倒在地板上扫来扫去的，那是什么道理？"

"你这个问题也问得好。"体面人回答说："木屑能够吸收水分，所以把它撒在地板上、水泥地上和瓷砖地上，用拖帚拖拂，就可以去掉污垢，使地面清洁光亮。"

"木屑真好啊！"珊珊拍着手说，"从前我只知道木屑可以煮饭、烧开水，不知道它还有这么多用处。"

"用处多着呢！"巨人向小姑娘瞟了一眼，"柘木屑、苏木屑、紫杉木屑可以做染料，染出颜色美丽的花布。柚木屑和臼茶木屑，还有肉桂木屑可以做药料，配药治病……。"

"啊唷！好香哪！"珊珊忽然喊起来，摸了摸鼻子，向四周看来看去的，她不知道是什么花开了。

依依看见体面人背后忽然冒出一股烟来，着急地叫道："叔叔，不好了，您身上着火了！"

体面人笑着说："你看错了！这是我用柏木屑、楠木屑、樟木屑和檀香木屑做成的香料，腾出一股烟来。你们闻闻看，香不香呢？"

"啊唷！好香哪！"珊珊的鼻子嗅了嗅，实在太香，却有点不大相信，向四周看来看去的，她要看看树林子里什么花开了。

"啊呀！——啊哟！"小兄弟俩翘起了鼻尖，尽量地吸着香气。依依还说："真有意思，木屑还能做成香料！"

体面人从左边的口袋里掏出许多木屑来，"香气就从这些木屑里发出来的！"孩子们禁不住跑上前去，又看又闻，喔，真香。珊珊也相信了。

"你们再看，"体面人又从右边的口袋里掏出一块分量很轻的木板来，"这也是用木屑做的，你们别瞧它薄薄的，再大的力气也折不断，打不碎。"

依依好奇地问："真的吗？可以试一试吗？"

"当然可以，你们三个一起来吧！"

果然，依依独个儿折不断，良良帮助他，还是纹丝不动。

珊珊很聪明，顺手在地上捡起一块石头递给依依。

依依会意，用石头使劲地敲一记，还是不断不碎。他红着脸，抬起头来望着体面人，"叔叔，这东西真结实！能做些什么呢？"

"用处可大啦！它可以作屋顶，隔音墙壁，还可以作各种漂亮的家具，既不怕虫蛀、鼠咬，又不怕压坏、裂开，非常耐用。所以人们称赞它是'没有缺点的木材'。"

珊珊听着，看着，惊奇得张大了嘴巴，却说不出话来。

忽然，体面人手里的木板不见了，三个孩子正在东找西寻，却见一条雪白闪亮的长丝巾，从体面人的手里向空中一抛说："瞧吧，多漂亮的玻璃丝巾，它也是木屑做的……"话没说完，只一眨眼，白丝巾又变成红点绿底的花丝巾了。"瞧吧，瞧吧，木屑做的各种染料还能染出这样美丽的丝巾！"

珊珊特别高兴，在她眼里，这简直是一条七彩的虹。

"好叔叔，可还有别的吗？"依依心里头爱上这个体面人了，并且想，"看来他的确是一个出色的魔术师呢！"

"有，有，"体面人兴致勃勃地说。"讲到木屑的用处，像讲《水浒》里一百单八将那样长。不过，我可以简单地说给你们听听。它可以做酒精，做葡萄糖，做漆布、油毛毡和防水油布，在做肥皂、漂白粉、人造石墨中也都用得到它。它如果做成塑料，就可以用来制造一切电器里的重要零件，它还可以制造飞机和汽车……"

孩子们轰叫起来："啊呀！——啊哟！——啊唷！——飞机！汽车！"

"当真的！"体面人拍了拍两只鼓鼓的裤袋，两件亮晶晶的东西直冲了出来，"轧轧轧"地响。

三个孩子眼睛睁得大大的；在空中飞的是一架银色的小飞机，在地上跑的是一辆蓝色的小汽车，忙坏了他们的三双小眼睛。

依依想了想，嘟嘟囔囔着："要是真的能够载人，那才有意思哪！"

忽然，"啊哈！"一声，飞机和汽车变得和真的一样大了，"轰隆！轰隆！"的声音响极了。

"喂，你们看见吗？"体面人一本正经地说，"用木屑做成塑料，再把塑料做成飞机和汽车，将来是一件非常平常的事情，连火车也是用塑料做成的……"

三个孩子看出神了，眼睛只是跟着飞机和汽车打转，奇怪的是，飞机和汽车愈转愈小了，又小得像两件玩具一样了。只听得"嗡——呜！"一声，这两件有趣的小东西直钻进体面人的裤袋里去，声音寂静下来。

依依突然发出一个问题："把木屑变成各种有用的东西，您用的什么魔法？"

"啊哈，不是魔法，是化学！"体面人大声地笑着说。"小弟弟，小妹妹，你们将来上中学、大学，或者上工厂、实验室，学了化学，就明白怎么回事了。"

"化学，这名词多奇怪！"良良不懂，苦恼地说："它究竟是什么啊？"

体面人皱了皱眉头，啧啧地咬着嘴唇。"那叫我怎么说呢？——化学，它好比一个神通广大的魔术师，有成千上万种方法，使世界上的各种东西发生变化。譬如说，用亚硫酸，从一百公斤木屑中，就可以制出十公斤糖；用稀硫酸制出八升酒精；用盐酸，制出三十公斤酵母菌；再从干酵母菌中制出味道鲜美的蛋白质，营养丰富，能抵上二十五头猪……"

"啊哟！真正了不起啊！"良良吃惊地喊出来。

"那我希望早一点儿学化学！"依依自言自语地轻轻说。

珊珊一点不明白，只低着头，不吱声。

体面人问她：“喂，聪明的小姑娘，你在想什么呢？”

珊珊给一连串古怪的名词搞得糊里糊涂，只听懂了 10 公斤糖，就问：“木屑做的糖可以吃吗？”

“啊哈！”体面人又笑了。“当然可以吃。——你们再听我说：木屑里放进烧碱，放进麸皮粉，或者放进酒药粉，就可以做成喂猪的饲料，它和其他的饲料混合起来，能够把猪喂得胖胖的。”

依依没有忘记要找一段木头的事，就问：“木屑可以做一个木偶吗？”

“对，它可以做木偶吗？”良良重复着说。

“能做一个美丽的、会跳舞的木偶？”珊珊接着也问。

“可以，可以，”体面人忙着点点头。“你们用木屑先制成塑料，或者制成木屑板，不就可以做成木偶了吗？”

“那怎么样制作呢？”依依着急地问。

体面人皱了皱眉头，眨了眨眼睛。“化学！”

“啊呀！多么难的化学！”珊珊搓搓手说。

“等你们大起来，好好地学，就一点儿不难。”

“啊呀！我一定要学好化学，制造许许多多有用的东西！”依依坚坚决决地说。

“啊哟！我也一定要学化学！”良良跟着说。

“现在，你们说，我是废物不是？”体面人问孩子们。

孩子们齐声回答说：“不！您是一个挺有用的体面人！”

“那就是了，”体面人笑眯眯的，很可爱的样儿。忽然，“啊哈！”一声，就不见了，地面上只剩下了一大堆木屑。

孩子们仿佛突然地失去了一个亲爱的好朋友，心里怪难受的，彼此呆呆地站着，你看我，我看你，好久不说话。

“以后我们看见木屑就要爱惜它。”依依说。

　　"不糟蹋它！"良良接着说，"什么东西都不糟蹋！"

　　珊珊说："把它堆积在一起，将来学会了化学，做木偶！做玻璃丝巾！还做飞机和汽车！……"

水下神枪手

爸爸出门去有一个多月了。水产公司为了在今年"六一"国际儿童节，能让孩子们多吃点儿美味的鱼，就派出了十多艘捕鱼艇，由爸爸带头出海去。

妈妈今天清早到山后的果园去，帮助农业生产队采摘枇杷，一筐又一筐地摘不完似的，是大丰收啊。

依依、良良和珊珊三个孩子，没有被妈妈早起惊醒，却给窗外的鸟儿们唧唧喳喳地吵醒了。

"我们起来吧，"依依喊着，"一、二、三！"

良良紧接着喊："一、二、三！"把衣服披上了身，左胳膊伸进了袖筒里了。

小妹妹珊珊慢了点儿，她看到大哥依依已经穿上鞋子了，着急地尖声喊着"一、二、三！"把袜子快快套上。

依依跳下床来，把窗子打开，让新鲜空气进来，大声说："啊，晴天！"

良良望了一下窗外，"哈，大太阳！"

珊珊扣上了最后一个纽扣，赶紧也跑到窗子边，挤在大哥二哥的中间，瞪大了两只又黑又亮的眼睛，张大了一张樱桃般的小嘴想说什么，可"哼！"了一声，又说不出什么来。

良良看着珊珊傻乎乎的样子，不觉"咿咿哈哈"地笑着。

依依护着他妹妹，"别嘲笑她！"冲着良良说，"我们到园子里去跑步，锻炼身体。"

"好呀！天气那么好，到园子里去跑步挺好！"良良高兴得边说边拍手，活跃地蹦了几蹦。

"不能去！不能去！"珊珊急急忙忙地摇着两只小手。

"为什么？"大哥依依问。他觉得有点儿奇怪。

"为什么？"二哥良良也问。他有点儿火气了。

"不为什么。"珊珊小心谨慎地回答说，"妈妈不是说过她不在家里的时候，我们别到园子里去——海边危险！"

"没关系！"依依神气活现地说，"那是妈妈前年说的话，现在我们长大了！"

"对！现在我们长大了！"良良挺了挺胸，直了直背，仿佛他真的长高了许多，重复地说着，"长大了就没关系！"

珊珊听到两个哥哥都这么说，就不敢饶舌多嘴了，只是低声地嘀咕着："最好不要到海边去……"

"不去，不去，就不去！"依依和良良异口同声地说。

这样，孩子们就很快地下楼出门去了，在园子里看到花花草草，苍苍翠翠的树木，看呀，看呀，不知不觉地走下海边的浅滩上了。依依、良良都忘记了自己"不去，不去，就不去"的诺言。小女孩子珊珊，她是不是也是忘了？还是心里记得，可嘴里不敢多讲？并且一声不响也跟着她两个哥哥小心地一步一步跨下去了。

"唥，下雨了！"珊珊忽然地停住了，吃惊地喊了出来。

依依和良良给吓了一跳，他们不约而同地望着碧蓝碧蓝的天空，太阳亮亮地照着，哪来的雨。

"啊！哈！"两个哥哥正要责怪妹妹"无中生有，害神经病"时，自己的头上也都着了水滴，因此，赶忙一摸头顶上的水滴，话到喉头就咽了下去。

"唷，真的是下雨了！"珊珊头上、脸上又着了水滴。

现在依依和良良相信珊珊的话没有错，他们额上、颊上、鼻子上、耳朵上，都给水滴打着了。

"是下雨了！"依依苦恼着说。可他还是想不通，明明是大晴天，怎么会下起雨来。

"是下雨了！"良良没了主意，慌慌张张地附和着他哥哥说。

"是下雨了！"珊珊胆怯地说，"我们快回屋子里去吧，别给雨打湿了！"

三个孩子没把事情弄清楚，就冒冒失失地跑回家去了。

妈妈早从果园中的枇杷林里回来了，为他们准备好一顿丰盛的早餐：有米粥、馒头、煎饼、豆腐浆，还有花生酥、熏青豆、油炸脍、甜酱瓜、牛肉松，吃得好快乐。

妈妈问了："你们到园子里去看到了什么？"

珊珊在妈妈面前，胆子大得多，抢先说了，"我们只看到一些花，一些草，天就下雨了！"

妈妈听着，摸不到头脑，眼睛直睁睁地看着她的小女儿，想是她糊涂了。

"天是下雨了！"良良看见妈妈愣着，恐怕她不相信，赶紧补上这一句。

"下雨？"妈妈十分诧异地问，"不是晴天吗？"

"是晴天！"依依点一点头，肯定地说，但是他有疑问，"晴天怎么也会下雨？我们都给雨点打着了，这是怎么一回事？"

妈妈越听越莫名其妙，只在鼻子里低声哼着："唔——唔——唔——"忽然她笑出来了，冲着孩子们说："这件事情说来很深奥，跟你们讲也听不懂……"

孩子们一齐哄起来："听得懂！听得懂！妈妈快讲给我们听！"

"哎哟，是你们中了'水弹'！不是'雨点'打了你们。"妈妈一边说，一边眯缝着两只眼睛，神秘地笑着。

孩子们又吃惊、又奇怪，眼睛瞪得圆圆的，他们的好奇心、求知心，促使他们强烈地请求妈妈讲那神奇的"水弹"。

妈妈故意摆下关子，笑而不答。

突然，一阵门铃声响起来了，"丁零零——丁零零——"

妈妈站起来去开门，一看是孩子们的爸爸从海上回家来了，就说："你来得正好！"

"孩子们又有什么事了？"爸爸卸下亮闪闪的背包，放下给孩子们买回来的三支钓鱼竿，高兴地问。

"他们遇见了一件奇怪有趣的事。"妈妈慢条斯理地说来，"他们到园子里去跑步，大晴天下起雨来，奇怪不奇怪？雨水打在他们的脑袋上，脸颊上。我说他们不是淋了雨，是中了'水弹'，可他们不懂得，要求讲个明白。"妈妈笑吟吟地边说边向爸爸眨着眼睛，"凑巧得很，你恰好回家来，就请你谈谈吧。这事情，你比我懂得多，谈起来会比我好。"

爸爸会意了，并且也同意了，轻轻咳了一声，就开言道："孩子们，妈妈说得不错，你们是中了'水弹'。"

依依激动了，他反驳："那时候园子里只有我们三个，没有别人，谁射水弹？"

爸爸提高了嗓门说："有！"停了一下又说，"水下的'神枪手'，他射得可凶呢。"

珊珊害怕了，扑到妈妈怀里，眼睛望着爸爸，她不知道爸爸要讲出什么样的可怕的事情来。

良良靠拢到依依身旁，悄悄地说："多厉害！幸亏我们跑得快，逃进屋子里来。"话声有点儿颤。

依依却很勇敢地发问："这个水下的神枪手会上陆来吗？他有多大本领？比我们故事书里'百步穿杨'的老黄忠射得还好吗？"

"你问得好！"爸爸称赞着他，回答说，"他不上陆来。他要射击时，只把头部悄悄地探出水面，所以你们中了'水弹'，却没有看见是谁欺侮了你们。他的射击能力很强，技术也很高明：他要打你的鼻子，就击中你的鼻子；他要打你的嘴巴，就击中你的嘴巴；他也会准确地击中你的眼睛！有人站在水边，嘴里吸着一支燃着的纸烟，一下子被他用水弹击熄了！"

"哈——"良良禁不住惊呼一声。

爸爸继续讲下去："那些停歇在水草茎叶上的昆虫，当然是容易击中的；可是飞行的东西，比如一只蚊子，或者一只苍蝇，在水面飞过，他也会把它们不偏不倚地击落。即使离水面有五六尺高，他也能猛射下来，百发百中！——你们说，这个水下神枪手厉害不厉害？不会比你们说的名将老黄忠差吧？"

良良看了看依依，冲口而出说："不差，不差，比赵大伯用步枪打靶准得多！"

"可不是，"爸爸又说了，"这个水下神枪手的水弹，发射出去快命中目标时，还会自动分成好多小水滴，像飞网那样包围上去，目标怎么也跑不了。"

"这就像放榴弹炮啊！了不起！"依依的心情现在平静下来了，并且很佩服这位水下神枪手，但是不知道他姓什么？叫什么？在什么地方可以找到他？请教他怎么样才能射击得这么好，要拜他为师，正想开口问他爸爸时，门铃声又响起来了。

"丁零零！丁零零！"门打开来，水产公司的通讯员闪身进屋，给爸爸送来一份"急件"，要他马上去海滨大厦出席讨论渔业生产的重要会议。

爸爸看完了"通知",向孩子们微笑着,打了个招呼:"好吧,关于'水下神枪手'的事,明天星期日咱们再来好好谈谈。现在我开会去了,你们在家里写一会儿字,读一会儿书吧。"

孩子们不免有些失望,谁也不吭声,呆呆地待了好一会儿。但是他们都是好孩子,听从爸爸的话,既写了一会儿字,又读了一会儿书——珊珊读《看图说话》,良良读《小朋友》,依依读《科学画报》和《智慧树》。

这天晚上,孩子们上了床,还在念念不忘地想那个水下神枪手,水滴儿仿佛仍然留在脸上、额上、鼻子上、耳朵上,迷迷糊糊地睡不好,忽而醒来,忽而睡着,忽而睡着又醒来……

夜深了,寂静寂静,似乎有人轻轻推开房门,飘进一个纺锤形的穿着十分艳丽的人儿,不像是姑娘,也不像哥儿,可是样子很文雅,身体像挂在枝头上的风中的一张叶子,荡动着,荡动着,只听得他轻声说话了,尖尖的嘴巴里夹带着成串水泡儿的声音。

"你们知道我是谁?"

依依有胆量,坦率地回答:"不知道,我们不认得你。"

"我就住在你们的园子里。今天早上我还跟你们开了一个玩笑,不记得吗?"

"哈,就是你!"良良想起来了,"你用水滴洒在我的鼻子上,不是吗?"

"是。正是。"这个陌生人停了停,又说,"不过不是'洒',而是'射'。"

"啊,我现在明白了。"依依恍然大悟,"你就是有名的'水下神枪手'吗?"

"不敢当!不敢当!"这人说话时晃着身体,仿佛是鞠躬的样子。

孩子们可高兴了,觉得这个陌生人也懂得"五讲四美"很有礼

貌，也就不陌生了。珊珊也不害怕了。

"唷，"小女孩开口了，"我喜欢你。你有本领。你把水滴射到我的嘴角上，险些射进我的嘴里。"

"咆儿，咆儿，咆儿……"好像吐出一连串水泡的声音，其实是陌生人的笑声。"我故意只打到你的嘴角上，不把水滴射进你的嘴里去。不然，让你咽下的不是一滴开水，肚子闹起病来，我这个不讲卫生的，就非常对不起你了。应该受到惩罚！"说时，晃着身体，又像在鞠躬了。

依依听说，马上想起一个问题，很有礼貌地请教了。"亲爱的朋友，你好！请你告诉我们：你怎么会把一滴水从嘴巴里像枪弹那样射击出来呢？"

"喏，是这样的：当我在水中睁着两眼搜索周围的空间时，一看到敌人，立即张开胸鳍和腹鳍，开始摆动，游向目标。我还摇动尾巴，快速游到目标底下，我的身体从横变为竖，像一只垂直的纺锤。这时候，我用舌头压紧腭上的沟槽，使两个沟槽变成一个直径一毫米半的'枪膛'，同时很快压紧鳃盖，水受到压力，通过'枪口'，就猛力射击出去……"

"哈！"良良不等这位奇怪的客人说完话，忍耐不住了，哈出一口长气，迫不及待地说，"这跟我打汽枪差不多！"

依依头脑冷静地，接着再问一个问题："好朋友，你讲得好！我要再请教你：你怎么能够射击得那么准？你要把水滴射击我小妹的嘴角，就不会射击到她的嘴巴里；你要把水滴射击到我的眉毛上，就不会射击到我的眼睛里？你比一个弹无虚发的立一等功的好战士还强！"

"喏，那是依靠太阳光从空气中进入水里，会发生折射，我就自动调整光线折射时的误差，这样，就能准确地瞄准目标了。"

良良没有依依那么细心，可他有时也能粗中有细，听了这位怪形怪状的人儿回答依依的问题的那些话，琢磨了一番，不觉又粗野地冲口而出，"哈，那不对，你刚才说什么胸鳍、腹鳍、尾巴、鳃盖，这只有鱼类才有，难道你是一条鱼吗？"

珊珊也急于要知道进到卧室里来的究竟是个什么，她开门见山地问："那么，你不是人？"

"咆儿，咆儿，咆儿……"一连串的水泡声，这一回仿佛是一阵苦笑声。

"喏，我不是人。"陌生人倒心平气和地，"我是一尾鱼——射水鱼。你们的爸爸没告诉你们，只说是'水下神枪手'，这是一个漂亮的绰号，我听了很高兴，高兴得在黑夜里来见见你们了，你们高兴见到我吗？"

"我们高兴！"三个孩子一齐高兴地回答。

"听——'喔喔喔'！公鸡一唱天下白！我得走了。再见！再见！再见！"这个奇怪的人，脸色苍白，身体摇晃得更厉害。他的声音愈去愈远，听不到了。

孩子们随着声音的远去，迷迷糊糊地似睡非睡，似醒非醒，一会儿，什么也没听见，什么也没看见了……

下一天的晚上，爸爸兴致特别好，晚饭过后，每个孩子分给四只枇杷。待等他们吃完后，爸爸说："昨天我们还没有把'水下神枪手'的故事讲完，现在继续谈下去——"

依依听了，调皮地一笑。"爸爸，你说的那个'水下神枪手'，可不就是'射水鱼'？"

这一问，爸爸的话匣子给闷住了。他心里在想："依依怎么会知道的？不简单！大概是在书本上读到的吧？"

妈妈像个调解人似的，和颜悦色地说："你们知道'水下神枪手’就是‘射水鱼’，这很好，用了巧妙的形容词啊！等于说螃蟹是一名横行将军，说鳄鱼是一条‘铁甲兵舰’，说章鱼是一个会放‘化学弹’的化学工兵。可是关于射水鱼还有不少有趣的事，请爸爸讲出来听听吧。”

爸爸点点头，想了想才说：“射水鱼体格不太大，长约二十厘米，生活在浅海中。它们多数洄游在印度、印度尼西亚和澳大利亚的北部沿海岸，在那些地方都能见到它们美丽的身影。特别是印度尼西亚人很喜爱它们，家里、园子里和水族馆里都养着它们，观赏它们射击的技术。它们也很灵敏，万一射击失败，还会来第二次的。”

良良暗地里说：“射水鱼真聪明！”

珊珊听得有味道，觉得射水鱼真乖！

“我们家园子里也有你们爸爸带回来养着的，”妈妈插嘴说，“昨天早晨，你们不是中了‘水弹’了吗？”

“嘻嘻！”“哈哈！”“呵呵！”三个孩子一齐笑出来了。

“印度尼西亚人驯养射水鱼，教它们学会各种杂耍，表演给旅游的宾客观赏。不过，先要向游客警告，不要俯身向水面望，留神射水鱼射中人的眼睛。有人到水池跟前，晃着一把刀子，就给射水鱼的一串水滴（很像开放连珠炮）击中了。它们只要一看到水面上有亮闪闪的东西，就迅速射击。它们最远的射程可达四到五米，可靠的准确射程是一到二米。”

孩子们听出神了，津津有味地让眼睛里放射出询问的目光：“还有吗？”

爸爸加油添酱地再说了句：“射水鱼的高超本领，使得泰国首都曼谷的市民，为它们建造了一座神庙呢！”

妈妈锦上添花地说上一句：“等你们长大了，学习生物学、水产

学成绩好，还有出国参观访问的机会，那时候，你们就可以亲眼见到它们了。"

依依第一个大声说："我要好好认真学习！"

良良也说："我也要学得好，考得好，将来去看射水鱼！"

珊珊听到两个哥哥说了，被动地，觉得自己不得不说："我，我，我要弄点好吃的东西，放在海滩边，欢迎我们家园子里的客人！昨天夜里它到我们房间里来过。"

妈妈满心欢喜，挥挥手，"你们都说得好！祝你们进步！现在和我一同到园子里去舀水浇菜，让爸爸休息一会儿，他还有重要的工作要做呢。"

编后记

　　陈伯吹（1906—1997）原名陈汝埙。上海宝山人。大夏大学教育学院学士。早年从事教育工作，后在北新书局主编《小朋友》杂志。1949 年后，历任大夏大学高等师范专修科主任，华东师范大学、北京师范大学兼职教授，人民教育出版社编审，少年儿童出版社副社长。

　　陈伯吹先生是第六届全国政协委员、第五届中国作家协会顾问、第四届上海市作家协会副主席、第五届和第六届上海市作家协会顾问、中日儿童文学美术交流上海中心会长，曾荣获第二次全国少年儿童文艺创作荣誉奖、全国"热爱儿童"荣誉奖、首届"樟树奖"等奖项。

　　陈伯吹先生是我国著名的儿童文学作家、翻译家、出版家、教育家，是中国儿童文学的领军人物、一代宗师，为我国的儿童文学事业做出了杰出的贡献。著名儿童文学作家贺宜在上世纪八十年代就曾这样评价陈伯吹先生："在我们中国，从古到今，将六十年岁月全部奉献给儿童文学事业，陈伯吹可称是第　人。"

　　陈伯吹先生从 1923 年起开始从事儿童文学创作。他怀着"为小孩子写大文学"的执著愿望，七十四年笔耕不辍。他创作了大量儿童文学作品，出版了百余种著作。他是儿童文学创作的多面手，儿童文学中的小说、童话、散文、诗歌、科学文艺、寓言等各种体裁，他样样精通，样样都写得很出色。其代表作有《阿丽思小姐》、《一只想飞的猫》、《骆驼寻宝记》等，出版有《陈伯吹文集》四卷。他的作品还被翻译成多种文字，介绍到海外。

陈伯吹先生是我国儿童文学翻译的先驱。从 1930 年出版译作《小山上的风波》起，他一生翻译了数十种世界儿童文学名著，包括影响很大的《绿野仙踪》、《小夏蒂》、《普希金童话》、《出卖心的人》等。这些译作不仅为孩子们提供了精美的精神食粮，丰富了他们的阅读天地，而且使作家们开阔了眼界和思路，促进了我国儿童文学创作的发展。

陈伯吹先生是儿童文学理论的大家。他一直致力于儿童文学理论研究，而且研究的范围很广。儿童文学的基本概念、儿童文学的创作方法、儿童文学的各种体裁、如何学习和借鉴外国优秀的儿童文学等，他都有专题的论述。他提出了一系列卓有见识的儿童文学新观念、新思维，极大地丰富和促进了中国儿童文学的理论建设。他的《儿童文学简论》是新中国第一部论述儿童文学的专著。他的著名的"童心论"产生了深远的影响。

陈伯吹先生是儿童文学出版的典范。他从 1934 年起从事编辑工作，早年先后在北新书局、儿童书局、中华书局等任职，担任过《小学生》的主编。1949 年后，他是少年儿童出版社任职时间最长的社领导，并当过《小朋友》、《巨人》等杂志的主编。无论编书还是编刊物，陈伯吹先生几十年如一日，兢兢业业，呕心沥血，为孩子们精心打造"一流的出版"。在他身上体现的这种"骆驼精神"，为出版界树立了很好的形象。另一方面，陈伯吹先生可以称为学者型的出版人。他以自己卓越的学识和眼光，主编了如《世界儿童文学名著故事大全》等很有价值、产生了很大影响的图书，对出版工作如何引领市场、如何做好"研究型出版"，提供了极为有益的经验。

陈伯吹先生的一生都与教育有着不解之缘。他曾被聘为复旦大学、华东师范大学、北京师范大学等高等学府的教授，曾多次参与过教材的编写、编辑和审读。他的儿童文学创作和理论也与教育有着不可分割的联系。陈伯吹先生为教育事业倾注了自己的心血，是当之无愧的教育家。

陈伯吹先生在培养作者、提携后人方面是表率。从二十世纪三四十年代起，陈伯吹先生就一直对年轻作者给予真诚的指点和无私的帮助。任大星、任大霖、任溶溶、施雁冰、秦文君、陈丹燕等许多儿童文学作家都曾经受惠于他。陈伯吹先生晚年时，光是为中青年作家写的序，合起来就出版了四本"序文集"。这在中国文学界大概也是绝无仅有的。

陈伯吹先生人品高尚，有着很高的精神境界，堪称做人的楷模。他为人真诚，和蔼可亲，遇事总为别人着想；他清正廉洁，公私分明，从不占公家的一点便宜；他一生节俭，一直过着省吃俭用的生活。特别难能可贵的是，陈伯吹先生为了推动儿童文学事业的发展，把自己一辈子的积蓄都捐献出来，设立了"陈伯吹儿童文学奖"，充分体现了他的博大胸襟，令人肃然起敬。

陈伯吹先生一生都在积极追求光明和真理。他早年就投身进步事业，用手中的笔讴歌革命，针砭时弊，还参与发起、组织了"上海儿童文学工作者联谊会"，充分显示了他的满腔热血和奋斗情怀。1949 年后，即使是在"文革"期间受到极不公正的待遇，遭遇坎坷，他也没有背弃理想，没有放弃写作。后来，他在七十七岁高龄时加入了中国共产党，更是他毕生都在追寻进步、愿为革命献身的最好写照。

陈伯吹先生为中国的儿童文学事业探索了一生，奋斗了一生，奉献了一生。他是中国儿童文学的一座丰碑，也是上海文学界、出版界的骄傲。

陈伯吹先生是我崇敬的前辈大家。幸运的是，我与陈伯吹先生有过接触，曾多次聆听先生的教诲。我还获得过"陈伯吹儿童文学奖"的大奖，至今记得先生亲手将获奖证书和奖金交给我时的情景。先生晚年时，把"陈伯吹儿童文学奖"的工作托付给我，他的信任使我深感责任重大，不敢懈怠。十多年来，我和许多同志一直都在为办好"陈伯吹儿童文学奖"和"陈伯吹儿童文学基金会"而努力。近年来，我参与组织过"陈伯吹先生诞辰一百周年纪念活动"、"陈伯吹先生逝世十周年纪念活动"等，主编了《百年陈伯吹》、《陈伯吹先生纪念文集》等，并策划和组织出版了专著《陈伯吹论》。

令人高兴的是福建少年儿童出版社推出了"中国童话大师系列"，并把《陈伯吹童话全集》列入其中。"中国童话大师系列"是中国儿童文学大师原创童话成果的集大成出版工程，是具有重要现实意义和历史价值的文化积累工程，也是将优秀儿童文学作品重塑整合的儿童阅读推广工程。这是有见识的出版人的一个善举，也是有魄力的出版社的一个壮举。

我知道，曾有多家出版社出版过各种陈伯吹先生的作品集，但是出版《陈伯吹童话全集》还是第一次。真应该感谢福建少年儿童出版社做了一件好事！

周基亭

2009 年 1 月

图书在版编目（CIP）数据

一只想飞的猫/陈伯吹著；周基亭主编. —福州：福建少年儿童出版社，2009.5

（中国童话大师系列·陈伯吹童话全集）

ISBN 978-7-5395-3458-9

Ⅰ．一… Ⅱ．①陈…②周… Ⅲ．童话—作品集—中国—当代 Ⅳ．I287.7

中国版本图书馆 CIP 数据核字（2009）第 059911 号

一只想飞的猫

——中国童话大师系列·陈伯吹童话全集

作者：陈伯吹

出版发行：福建少年儿童出版社

http://www.fjcp.com e-mail：fcph@fjcp.com

社址：福州市东水路 76 号（邮编：350001）

经销：全国各地新华书店

印刷：福州德安彩色印刷有限公司

地址：福州市金山浦上工业区标准厂房B区42幢

开本：700×920 毫米 1/16

字数：166 千字

印张：13.75 **插页：**2

印数：1—5100

版次：2009 年 5 月第 1 版

印次：2009 年 5 月第 1 次印刷

ISBN 978-7-5395-3458-9

定价：18.00 元

如有印、装质量问题，影响阅读，请直接与承印厂调换。